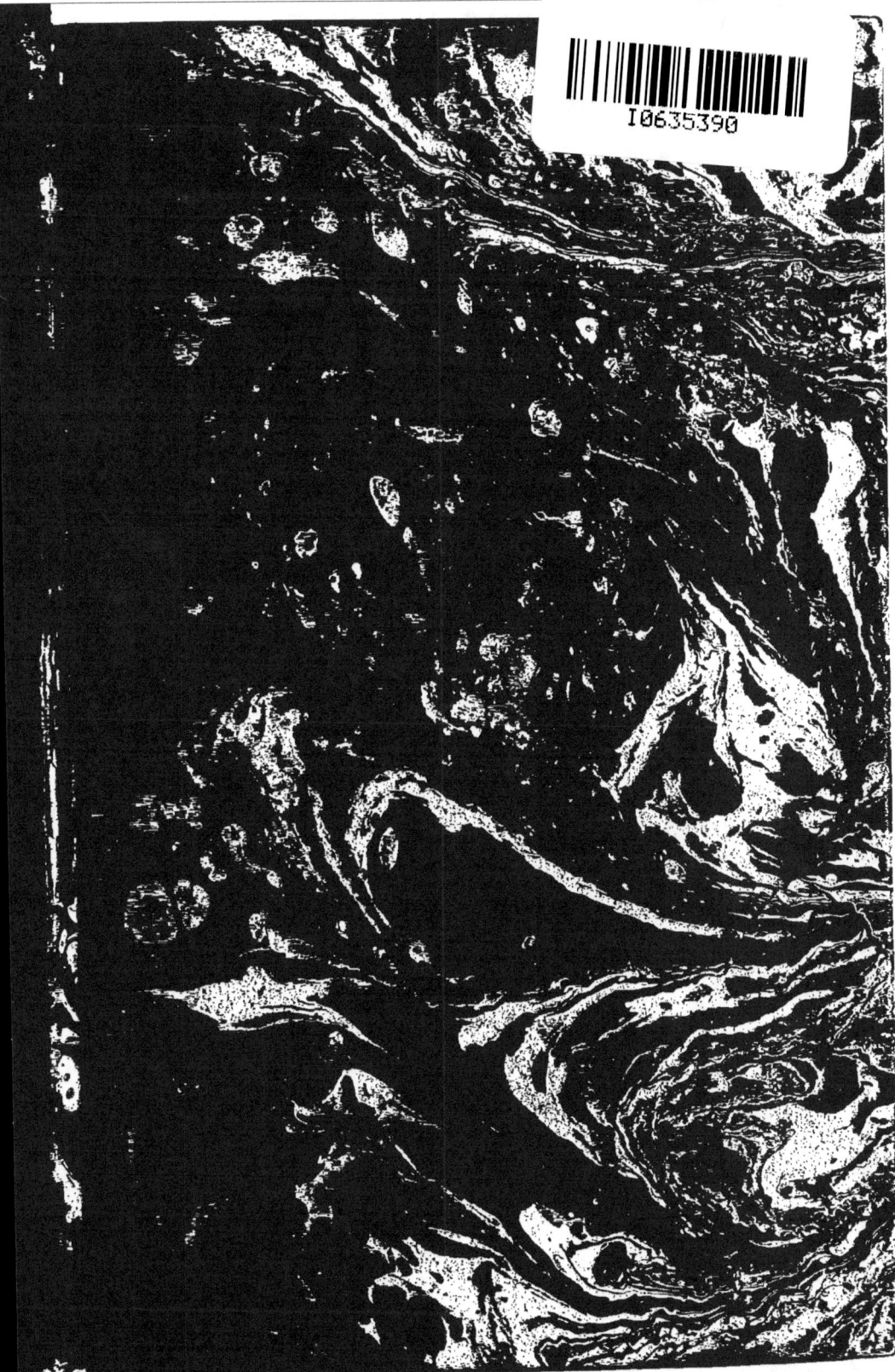

FRANÇOIS COPPÉE

DE L'ACADÉMIE FRANÇAISE

Souvenirs d'un Parisien

PARIS

ALPHONSE LEMERRE, ÉDITEUR

23-33, PASSAGE CHOISEUL, 23-33

M DCCCCX

Souvenirs
d'un Parisien

8o2

le dr...

5 8 8 7

ŒUVRES COMPLETES
DE
FRANÇOIS COPPÉE

ÉDITION ELZÉVIRIENNE
Volumes in-12 couronne, imprimés en caractères antiques
sur papier teinté.

POÉSIES — (1864-1869). — *Le Reliquaire.* — *Inti-mités.* — *Poèmes modernes.* — *La Grève des Forgerons.* — 1 vol. avec portrait de l'auteur par RAJON. . . 5 fr.

POÉSIES — (1869-1874). — *Les Humbles.* — *Écrit pendant le Siège.* — *Plus de sang!* — *Promenades et Intérieurs.* — *Le Cahier rouge.* — 1 vol. . . . 5 fr.

POÉSIES — (1874-1878). — *Olivier.* — *Les Récits et les Élégies* — 1 vol. . . . . 5 fr.

POÉSIES — (1878-1886). — *Contes en vers et Poésies diverses.* — 1 vol. . . . . 5 fr.

POÉSIES — (1886-1890). — *Arrière-Saison.* — *Les Paroles sincères.* — 1 vol. . . . . . . 5 fr.

POÉSIES — (1890-1905). — *Dans la Prière et dans la Lutte* — *De Pièces et de Morceaux.* — *Des Vers français.* — 1 vol. . . . . 5 fr.

THÉATRE — (1869-1872). — *Le Passant.* — *Deux Douleurs.* — *Fais ce que dois.* — *L'Abandonnée.* — *Les Bijoux de la Délivrance.* — 1 vol. . . . . 5 fr.

THÉATRE — (1872-1878). — *Le Rendez-vous.* — *Le Luthier de Crémone.* — *La Guerre de Cent ans.* 1 v. 5 fr.

THÉATRE — (1878-1881). — *Le Trésor.* — *La Bataille d'Hernani.* — *La Maison de Molière.* — *Madame de Maintenon.* — 1 vol. . . . . . . 5 fr.

THÉATRE — (1881-1885). — *Severo Torelli.* — *Les Jacobites.* — 1 vol. . . . . 5 fr.

THÉATRE (1885-1895). — *Le Pater.* — *Pour la Cou-ronne.* — *L'Homme et la Fortune* (1875). 1 vol. . 5 fr.

PROSE. — Tome Ier. — *Une Idylle pendant le Siège.* — *Contes en prose.* — 1 vol. . . . . . 5 fr.

PROSE. — Tome II. — *Vingt Contes nouveaux.* 1 vol. 5 fr.

PROSE. — Tome III. — *Contes rapides.* — *Henriette.* — 1 vol. . . . . 5 fr.

PROSE. — Tome IV. — *Toute une Jeunesse.* — 1 vol. 5 fr.

PROSE. — Tome V. — *Longues et Brèves.* — 1 vol. 5 fr.

PROSE. — Tome VI. — *La Bonne Souffrance.* — *Contes pour les Jours de Fête.* — 1 vol. . . . . 5 fr.

FRANÇOIS COPPÉE

DE L'ACADÉMIE FRANÇAISE

Souvenirs
d'un Parisien

PARIS

ALPHONSE LEMERRE, EDITEUR

23-33, PASSAGE CHOISEUL, 23-33

M DCCCCX

RANÇOIS COPPÉE, dans son œuvre, utilisa souvent ses souvenirs personnels : son poème d'*Olivier,* son roman *Toute une Jeunesse,* — pour ne citer que ces deux exemples, — sont à peu près des autobiographies; mais plus d'une page de journal intime, plus d'une note prise sur le vif, restèrent inédites, empilées dans des cartons ou collées sur des albums.

En 1898, François Coppée songea qu'il avait là, tout rédigés, les éléments de véritables « Mémoires »; il n'y avait plus qu'à les coordonner et à les refondre. Le titre était tout indiqué : *Souvenirs d'un Parisien.* Il se mit résolument à l'ouvrage... Mais sa vie et sa pensée allaient bientôt prendre une orientation nouvelle; un autre devoir, pensait-il, le réclamait tout entier; et, sans transiger avec sa conscience, il sacrifia le soin de sa gloire littéraire à son devoir de citoyen : les « Mémoires » furent interrompus... Peut-être le poète gardait-il secrètement l'espoir de reprendre, un jour, l'œuvre inachevée, dans sa calme retraite de la rue Oudinot; mais le sort implacable ne devait plus le lui permettre.

Ce sont ces « Mémoires » commencés et interrompus que nous publions en y joignant des fragments inédits, des pages restées inconnues où le poète se « raconte » lui-même.

Ils nous font regretter davantage l'œuvre entière, qui eût été, sans aucun doute, parmi les plus exquises de François Coppée. *Souvenirs d'un Parisien!* Nous aurions cru entendre encore les intonations de sa voix narquoise, si vite mouillée de tendresse; nous aurions cru revoir l'éclair de ses yeux bleus, où, malgré l'ironie, rayonnait la bonté. Et c'eût été un spectacle bien consolant de voir cet homme illustre, resté gai, expansif, cordial avec tous ses confrères, auxquels il rendit plus d'un service et dont — chose rare — il reconnaissait volontiers les vertus ou le talent, de voir cet académicien, généreux et désintéressé, au cœur toujours jeune, toujours prêt à battre pour un noble sentiment ou pour une grande cause, parler de lui-même et de son œuvre avec une simplicité, une modestie touchantes!

Aussi, tout en nous inclinant respectueusement devant la décision du poète, regrettons-les quand même, tout bas, ces « Mémoires », dont l'intimité nous eût été si douce, à nous ses lecteurs, devenus bien vite ses amis.

JEAN MONVAL.

Paris, le 1ᵉʳ juin 1910.

AU LECTEUR

———

L E temps fuit, » dit Virgile. « Les années tombent, » ajoute Horace. Et je pourrais citer jusqu'à demain des banalités en vers et en prose sur la brièveté de l'existence. Mais je suis d'un avis contraire et ne trouve pas que la vie soit si courte. Je viens seulement de franchir le seuil de la vieillesse, — cinquante-six ans : — ce serait la fleur de l'âge si j'étais au théâtre et si j'y tenais l'emploi de jeune premier ! Mais il me semble que je suis en ce monde, selon l'expression des bonnes gens, depuis une éternité, et j'admire chaque jour davantage le fameux vers de Baudelaire :

J'ai plus de souvenirs que si j'avais mille ans.

Comme la plupart de mes confrères contemporains, j'ai beaucoup écrit, beaucoup trop peut-être. Ce n'est pas de ma faute, c'est celle de mon temps, où la littérature est devenue une profession. Dans mes ouvrages, j'ai éparpillé, bien entendu, un grand nombre de mes souvenirs ; mais je suis loin d'en avoir épuisé l'énorme réserve. Quand je scrute les lointaines profondeurs de ma mémoire, je reste stupéfait devant tout ce qui s'y trouve accumulé, et, pareil au suffète Hamilcar Barca, dans Salammbô, lorsqu'il passe en revue ses richesses, je me félicite de conserver, dans l'arrière-magasin de mon cerveau, tant de choses vues et de sensations éprouvées.

J'entreprends aujourd'hui de mettre un peu d'ordre dans ce trésor passablement chaotique. Il ressemble au mobilier d'une maison de cinq étages déménagé à la hâte pendant un incendie et jeté pêle-mêle sur le trottoir d'en face. Voici des livres dans une cuvette, un fusil de chasse sur un berceau, et la vaisselle plate des richards du premier qui s'écroule sur le pauvre matelas d'une servante, lancé dans la rue par la fenêtre d'une mansarde. Cependant, après le nettoyage et les réparations nécessaires, tous ces meubles, disposés avec goût dans des appartements fraîchement décorés, pourront encore avoir assez bonne mine.

Je voudrais donc recueillir et fixer ici ceux de mes souvenirs qui me paraissent les plus intéressants. A coup sûr, il s'en trouvera quelques-uns qui m'auront déjà servi ailleurs, dans un conte ou dans un article. J'ai la modestie de croire que les lecteurs ne s'en apercevront guère. S'il m'arrive de ne point me rappeler une chose écrite par moi jadis, à plus forte raison ne se souviendront-ils pas de l'avoir lue. Pour ne jamais se répéter, il faudrait se relire, et telles ne sont pas mes habitudes. Je ne m'aime pas assez pour cela, et, si je me relisais, je craindrais de me prendre tout à fait en grippe. Hélas! je sais trop bien où se trouve telle pensée que je regrette d'avoir exprimée autrefois, telle ancienne page que je me reproche!

Ne me soupçonnez pas, s'il vous plaît, de cette fausse humilité, de cette modestie de préface, qui a dicté un jour à Victor Hugo cette ligne vraiment monstrueuse sous sa plume :

« Si l'auteur de ce livre était un poète... »

De très bonne foi, si je ne me relis jamais, c'est

uniquement pour ne pas retrouver, dans mes écrits, des choses que je n'aurais pas dû dire ou que j'aurais pu mieux dire.

Lors donc que vous rencontrerez ici une page à qui vous trouverez un air de vieille connaissance, excusez-moi. D'ailleurs, ce ne sera pas absolument la même. Naguère, dans mes poésies, dans mes nouvelles, dans mes chroniques, je déformais toujours un peu, ou, pour mieux dire, je « romançais » la vérité. Aujourd'hui, je ne suis plus qu'un témoin et je dois être aussi exact que me le permettra ma mémoire, qui est fidèle. Si vous reconnaissez, par-ci, par-là, quelques-uns de mes souvenirs, ce sera comme on reconnaît dans la rue, où elle passe en simple toilette, une comédienne qu'on n'avait vue jusque-là que de loin, sur la scène, dans tout l'éclat de la parure et du maquillage. Ce n'est plus la même femme. J'espère que, contrairement à l'effet produit quelquefois par l'actrice rencontrée en robe de ville, vous ne serez pas trop déçus par mes souvenirs contés sans façon.

Entendons-nous bien, cependant. Je fais un grand serment d'être sincère, mais je ne forme aucunement le projet d'écrire ici mes confessions. Lorsque Jean-Jacques Rousseau, en présentant son célèbre livre au public, met au défi quiconque l'aura lu de dire, devant l'Être Éternel : « *Je fus meilleur que cet homme-là* », il donne simplement la preuve de son orgueil maladif. Je ne suis nullement tenté de suivre son exemple ni celui de ses imitateurs, qui ont éprouvé le besoin de révéler à tout le monde, avec plus ou moins de franchise, leurs misères et leurs défaillances. Pour nous soulager du poids de nos remords, — nous en avons tous, et les hommes les meilleurs, les plus scrupuleux, sont précisément ceux à qui ce fardeau semble plus lourd, — il n'existe qu'un moyen efficace, la pénitence chrétienne; car nous nous adressons alors, par l'intermédiaire du prêtre, au seul Juge qui ait vraiment le pouvoir de nous pardonner. Je suis trop heureux d'être revenu, sur mes vieux jours, à la pratique de ce sublime sacrement, à cette cure infaillible de toutes les maladies morales, pour tomber dans le piège tendu à tout écrivain qui se propose de raconter sa vie. Ne cherchez pas ici de confidences scandaleuses ou même seulement indiscrètes. Je ne veux que me rappeler le passé, en m'efforçant de parler de moi avec simplicité, des autres avec bienveillance; et dans ma mémoire, que je compare volontiers à un photographe soigneux qui conserve ses vieux clichés, je ne choisirai que ce qui peut être mis sous tous les yeux.

Encore quelques mots préliminaires. C'est avec intention que j'ai adopté ce titre : Souvenirs d'un Parisien. *J'aime passionnément ma ville natale, et, jusqu'à l'âge de vingt-sept ans, je ne m'en suis, pour ainsi dire, pas absenté. Paris sera donc le décor où surgiront tous mes souvenirs d'enfance et de jeunesse, et je ne résisterai certainement pas au plaisir d'évoquer, au cours de mon récit, les anciens aspects de cette ville extraordinaire qui nous étonne par sa continuelle transformation.*

Il ne reste presque plus rien, par exemple, du Paris décrit dans les Misérables *et dans la* Comédie humaine; *je l'ai connu, pourtant, presque intact, dans mon enfance. Ma petite main dans celle de mon père, j'ai vu le Champ de l'Alouette quand c'était encore là, comme dit Victor Hugo, un endroit où Ruysdaël aurait voulu s'arrêter ; et, quand je faisais ma sixième, je suivais, pour aller au lycée Saint-Louis, les étroites ruelles du Quartier-Latin, où les jeunes gens pauvres de Balzac — Rastignac, Rubempré, Raphaël de Valentin — passent fiévreusement, beaux comme des dieux en habits râpés et dévorés par leurs rêves d'ambition ou d'amour. Ce Paris de mes jeunes années, quand j'y songe, me paraît aussi différent du Paris actuel, par la physionomie et par les mœurs, que du Paris à toits poin-*

tus et à tourelles d'angle du temps de « Loys le
Unzième » !

On voudra bien permettre au vieux Parisien que
je suis de s'amuser à la résurrection de tant de
choses disparues. Nous y gagnerons, mes contemporains et moi, quelques heures de rajeunissement;
et ils sont encore nombreux et n'ont pas encore tous
l'âge d'un ancêtre, ceux qui se rappellent les derniers
« coucous » en regardant passer les automobiles, et
la dernière lanterne à l'huile au bout d'une potence,
alors que leur ombre est nettement tracée devant eux
sur le trottoir par le rayon d'un de ces globes lumineux où la science moderne semble avoir concentré
les clairs de lune de tout un été.

Souvenirs d'un Parisien

1842-1870

Souvenirs d'un Parisien

I

MON PÈRE ET MA MÈRE

 A rue où je suis né, le 26 jan-
vier 1842, s'appelait alors rue
Saint-Maur-Saint-Germain, puis
fut baptisée rue des Missions,
et elle porte aujourd'hui le
nom de l'Abbé-Grégoire. Tels
sont les jeux de nos municipalités. Il y eut
à coup sûr quelque malice de la part des
« édiles » qui, en dernier lieu, infligèrent à cette

rue cléricale une étiquette jacobine. Pourtant je songe, quand je passe par là, que cette plaisanterie de mauvais goût n'a peut-être pas obtenu son plein effet. Car, si les nombreux ecclésiastiques qui circulent dans le quartier lisent avec déplaisir le nom du célèbre conventionnel sur la plaque bleue aux lettres blanches, il est probable que les Sœurs de Saint-Vincent-de-Paul, dont les cornettes de neige battent des ailes dans tout ce coin du faubourg Saint-Germain, ignorent que l'abbé Grégoire fut un farouche révolutionnaire et un prêtre peu orthodoxe, et doivent naïvement supposer que cette rue s'appelle ainsi en l'honneur de quelque saint homme.

La maison existe encore, dans laquelle, comme tous les nouveau-nés, je manifestai ma joie de venir au monde en jetant des cris plaintifs. Mais la première alvéole de cette étrange ruche qu'est la mémoire ne s'ouvrit pas encore dans mon petit cerveau à l'époque où ma famille demeurait là. Cette maison, qui était alors et est encore aujourd'hui marquée du numéro 9, a gardé, m'assure-t-on, son ancien aspect, qui est des plus modestes. Elle n'offre rien de remarquable que la forme cintrée des fenêtres de l'entresol. En face, se trouve l'entrée du couvent des Dames de Saint-Maur, où mes deux sœurs

aînées reçurent leur première instruction. Je
sais encore que mon père et le fameux dessinateur Charlet, qui était notre voisin, s'y con-
nurent un peu. Mais, encore une fois, de ce
temps lointain je ne me rappelle absolument
rien.

Pourtant, je ne passe jamais devant le numéro 9 de la rue de l'Abbé-Grégoire sans une
émotion singulière. C'est donc là que je fus un
tout petit enfant, un être inconscient et débile,
mais déjà si précieux pour mes bons parents!
C'est là que ma chétive personne leur a causé
tant de soucis, là que ma mère m'a nourri de
son lait, là que, souvent, au milieu de la nuit,
réveillée par mes plaintes, elle s'est levée à la
hâte et est accourue vers moi, pleine d'alarmes
et les pieds nus! C'est là que mon père a fait
bien des fois, en causant avec sa chère femme,
tant d'heureux projets et de beaux rêves pour le
fils dont la naissance le rendait si heureux et si
fier! Sans doute, c'est la loi naturelle que je ne
me rappelle rien de tout cela. Néanmoins cette
pensée m'est pénible. Je constate ici, une fois
de plus, combien est sévère la destinée humaine.
Le nouveau-né ignore la grande joie qu'il
donne à ses parents en venant au monde; le
petit enfant ne sait rien des soins dévoués, des
touchantes inquiétudes, de l'amour passionné

dont il est l'objet. Dans ce berceau, qu'environne une atmosphère de tendresse, il n'y a que l'indifférence — et déjà l'ingratitude.

Je n'étais donc encore qu'un très jeune animal, sans mémoire et sans intelligence, quand mes parents quittèrent leur logement de la rue Saint-Maur-Saint-Germain et s'établirent au cinquième étage d'une maison de la rue Vaneau, qui porte, à présent, le numéro 33. Ici, mes souvenirs surgissent en foule, mais en désordre. Ce ne sont, vous le pensez bien, que des sensations d'enfant, et les plus lointaines remontent à ma cinquième année. Mais, avant d'en noter quelques-unes, je veux vous présenter ma famille.

A mes yeux d'enfant, mon père, qui approchait de la cinquantaine quand je naquis, offrait l'apparence d'un vieillard. Il était en effet déjà voûté par la fatigue de vivre, et son fin visage, toujours soigneusement rasé et qu'éclairaient des yeux pâles et pensifs, était casqué d'une brosse de cheveux gris. J'ai rencontré peu d'hommes aussi aimables que mon père. Infiniment doux, s'égayant d'un rien, plein d'esprit sans jamais manquer à la bienveillance, d'une politesse exquise et je dirais volontiers aristocratique, un charme émanait de sa personne. Ce modeste employé des bureaux de la Guerre, qui

s'était marié par inclination avec une jeune fille
sans fortune et avait eu sept enfants, — il lui
en restait quatre, — s'usa sur les paperasses
administratives et ne put, autant qu'il l'aurait
voulu, cultiver les lettres, qu'il aimait passionnément. Il avait beaucoup écrit dans sa jeunesse,
mais, timide, n'avait osé rien publier. Je possède, de lui, le manuscrit d'un roman en deux
volumes; c'est un récit très intéressant et sincèrement ému, dont la forme seule est démodée.
De bonne heure, mon père, absorbé par le souci
de la famille, *res angusta domi,* avait renoncé à
ses projets littéraires. Il se contentait de lire et
d'admirer. Doué d'une mémoire excellente, il
savait par cœur des pages entières de prose,
tous les beaux vers. C'était vraiment une nature
de poète, au cœur candide, à l'imagination toujours prête à s'enflammer, et, quand il se sentait
en confiance, dans un cercle d'amis, sa conversation étincelait, abondait en traits pleins de
verve, de fantaisie et de grâce.

Souvent aussi, il tombait dans une profonde
distraction, devenu soudain indifférent à la vie
extérieure et poursuivant quelque chimère.
Combien de fois, quand il me menait promener
sur les boulevards solitaires, aux environs des
Invalides, l'ai-je vu remuer silencieusement les
lèvres en s'adressant à des personnages invi-

sibles, et, tour à tour, sourire avec bonté, fron-
cer les sourcils d'un air peiné, les relever avec
étonnement, prendre enfin les physionomies les
plus diverses devant les scènes imaginaires qui
se passaient dans son cerveau. Pauvre père!
Pauvre homme d'imagination, condamné à une
existence étroite, à une besogne fastidieuse, et
qui, pour l'oublier quelquefois, se réfugiait dans
le rêve!

Je dois le dire pourtant. Je ne crois pas que
mon père ait beaucoup souffert de n'occuper
qu'une position si inférieure à son mérite,
d'abord parce qu'il était d'une modestie parfaite, mais surtout parce que personne plus que
lui n'a goûté les joies de la famille.

Le pessimiste La Rochefoucauld a tort quand
il dit amèrement :

« Il est de bons mariages, il n'en est pas de
délicieux. »

J'en ai connu au moins un, et je chercherais
en vain une autre épithète pour qualifier le ménage de mon père et de ma mère. Comme ils
s'aimaient! Et comme ils aimaient leurs enfants!
Certes, pour eux, la vie matérielle était dure.
Songez donc! Quatre enfants à élever! Les
maigres appointements du père n'y auraient jamais suffi. Aussi ma mère, dont l'écriture était
fort belle, copiait des mémoires pour des entre-

preneurs de bâtisse, et mes deux sœurs aînées, qui avaient l'une et l'autre un assez gentil talent de peintre, vendaient quelquefois — rarement — la copie d'un tableau du Louvre ou faisaient un portrait. En dépit de tant d'efforts et de bonne volonté, c'était la gêne. Trois petites chambres pour six personnes. Pas même une servante. Mes sœurs aînées aidaient ma mère au ménage, et j'ai vu, plus d'une fois, la courageuse femme savonner elle-même le linge fin et le repasser sur la table de la salle à manger.

Eh bien! malgré tout, ces premières années de ma vie ne m'ont pas laissé une impression de tristesse et de misère. Je ne me souviens que de la tendresse de tous pour chacun et de chacun pour tous qui régnait dans la famille. Le logement était gai. Par les fenêtres, on voyait le beau parc de l'hôtel où demeurait alors Mme Adélaïde, sœur du roi Louis-Philippe, et qui est devenu aujourd'hui l'ambassade d'Autriche. Sur les murailles, cachant le vilain papier de tenture, il y avait des portraits d'aïeux, de vieilles estampes. Les meubles, très simples et déjà fatigués par plusieurs déménagements, plaisaient par je ne sais quoi de bonhomme et d'intime, par leur air de vieux serviteurs. Mais ce qui répandait un charme mystérieux sur ce pauvre

logis, c'était surtout, j'en demeure persuadé,
l'amour si profond et si pur que mon père et ma
mère éprouvaient l'un pour l'autre.

Je renonce à chercher des termes pour exprimer tout ce qui se devinait de confiance sans
limite, d'affection absolue, de dévouement
tendre et fidèle, dans un seul regard, un seul
mot échangé entre eux. Selon l'usage du petit
monde, que je trouve excellent, ils se tutoyaient.
Ma mère appelait son mari : « Coppée », tout
simplement. Lui appelait parfois sa femme par
son petit nom : « Rose » ; d'autres fois, il lui
disait : « Maman ». Il semblait alors se considérer comme un des enfants, et il n'avait pas tort,
le doux et candide rêveur. Il y avait en effet,
dans le sentiment de ma mère pour cet homme
si bon, si naïf, si désarmé devant les dangers de
la vie, une nuance de maternité.

Non que cette admirable femme, si intelligente, si laborieuse, si brave et si gaie même
dans les plus mauvais jours, prétendît être la
maîtresse au logis et, comme on dit énergique-
ment dans le peuple, portât les culottes. Bien
au contraire, elle agissait de telle sorte que l'au-
torité du chef de famille et le respect qui lui
était dû ne subissaient jamais, aux yeux de ses
enfants, la moindre atteinte ; et, bien qu'il fût le
plus indulgent et même le plus débonnaire des

hommes, la seule formule de notre mère, quand nous commettions quelque petite faute, était invariablement celle-ci :

— Qu'en dirait ton père?... Si ton père le savait, cela lui ferait de la peine.

Qu'on me permette de revivre par le souvenir quelques heures de ma première enfance, dans cette famille si peu fortunée, mais si unie, si honnête, si respectable.

C'est un soir d'été. La fenêtre de la salle à manger est ouverte, et l'on entend le ramage des oiseaux dans le parc voisin. Les sœurs aînées, Annette et Sophie, une blonde et une brune, jolies toutes les deux, très simplement mises, mais avec goût, — car ce sont des Parisiennes, — viennent de revenir du Musée, leur boîte de peintre à la main, et elles ont mis le couvert. Quand le père rentre à son tour, apportant un gâteau pour le dessert, — car c'est le jour des appointements ou, comme il dit en riant, le jour de la Sainte-Touche, — il n'y a plus qu'à se mettre à table. Le père s'installe donc dans son fauteuil de paille, et, derrière lui, sur la muraille, sourit, dans son cadre de bois verni, le portrait lithographié de M. le comte de Chambord. Car le père Coppée est légitimiste; il a même, par sa lignée maternelle, quelques gouttes de sang bleu dans les veines.

En 1832, au risque de perdre sa place, il a caché, dans la petite maison de banlieue qu'il occupait alors, un conspirateur, un chouan de Madame; et au ministère, vous vous en doutez bien, sa fidélité aux fleurs de lys n'a pas été favorable à son avancement.

Mais, pour le moment, il ne songe guère à la politique; il est tout entier au plaisir de se trouver au milieu des siens. A ses côtés, prennent place les deux demoiselles, et devant lui, à droite et à gauche de la place encore vide de la maman, qui est occupée à la cuisine, il voit sa troisième fille, — neuf ans, — celle qu'on appelle la grosse Marie à cause de ses bonnes joues et de son air de santé, et enfin son fils, — cinq ans, — l'unique mâle, l'héritier du nom, rehaussé sur sa chaise par six volumes du *Magasin Pittoresque!* Quel heureux sourire sur les lèvres de l'excellent homme! Et, quand la maîtresse de la maison paraît enfin, portant à deux mains la soupière fumante, avec quelle voix joyeuse il l'accueille!

— Nous mourons de faim... Assieds-toi vite, maman, et sers-nous la soupe.

Oh! cette table de famille! J'y pense quelquefois avec tristesse, quand je m'assieds, pour le repas du soir, seul en face de ma chère Annette, mon aînée de quinze ans, qui ne m'a

jamais quitté, et qui, depuis près d'un quart de
siècle que ma mère n'est plus, a pris sa place.
Des six personnes qui s'asseyaient jadis autour
de cette table, trois sont parties pour l'autre
monde, le père, la mère et Marie, la plus jeune
des trois filles, morte à vingt-trois ans. Seule
notre sœur Sophie s'est mariée, a fondé une
famille, est devenue mère et grand'mère; et
nous ne sommes plus que nous deux, ma vieille
sœur et moi, à porter le nom de Coppée et à
nous rappeler ces frugaux dîners d'autrefois, où
notre aimable et charmant père, afin d'égayer
toute cette jeunesse groupée devant lui, causait
avec tant d'esprit et de verve et, d'après le procédé de Mme Scarron, remplaçait si souvent le
rôti par une histoire.

Après le dîner, on passait dans la chambre
voisine, où le lit conjugal se dissimulait au fond
d'une alcôve, derrière un rideau, et la veillée
commençait. Dans les grands arbres, dont on
voyait les cimes devant la fenêtre, les oiseaux
s'étaient tus, et déjà s'allumaient les premières
étoiles. Alors notre laborieuse mère allumait la
lampe, s'installait à sa petite table, et, nullement distraite par le morceau à quatre mains
que ses deux grandes filles jouaient sur le vieux
piano carré, elle se remettait à copier, de sa
belle et lisible écriture — qu'elle m'a léguée —

quelque mémoire de charpente ou de serrurerie.
Quant aux deux enfants, c'est-à-dire ma sœur
Marie et moi, ils étaient assis déjà sur des tabou-
rets aux pieds du père, sachant bien que, après
la musique, il y aurait encore des contes.

En effet, dès que le piano était fermé, mon
père prenait un livre ou bien, grâce à son admirable mémoire, nous récitait quelque chose. Il
avait un fonds inépuisable d'anecdotes, de citations, de fables, de chansons, de récits de toutes
sortes, possédait, à un degré extraordinaire, le
don d'intéresser les enfants, de les instruire en
les amusant. Lecteur et diseur de premier ordre,
il nous faisait tour à tour frémir, pleurer, rire aux
éclats. Même avant de savoir lire, — car ma
mère ne parvint à me faire épeler qu'assez tard,
— j'ai connu, grâce à mon père, grâce à son
inoubliable façon de dire et de conter, les plus
beaux passages de la Bible et de l'Evangile, de
nombreux personnages célèbres, des centaines
de faits historiques, les féeries de Perrault, la
Comédie des Bêtes de La Fontaine, *Don Quichotte,*
Gulliver, Robinson, les *Mille et Une Nuits,* que
sais-je encore !

Je les avais entendues bien des fois, les mer-
veilleuses légendes, je les savais toutes par cœur,
les sacrées et les profanes ; mais, grâce à la merveilleuse faculté d'illusion que possède l'en-

fance, elles restaient toujours pour moi fraîches et nouvelles. Je frémissais d'horreur quand Joseph était vendu par ses méchants frères, quoique je susse parfaitement qu'il allait devenir ministre du Pharaon d'Egypte et que, plus tard, il se vengerait noblement de sa famille scélérate en la comblant de bienfaits; et l'effrayant appel de Barbe-Bleue à sa femme : « Descendras-tu, tout à l'heure? » me donnait la chair de poule, bien que je fusse certain d'avance de l'arrivée opportune des deux frères de Mme Barbe-Bleue, « dont l'un était dragon et l'autre mousquetaire ». Pourtant, je dois l'avouer, les contes à dénouement heureux, tout en me passionnant, exerçaient à la longue sur moi leur vertu soporifique; et, rassuré en définitive sur le sort d'Isaac déjà monté sur le bûcher ou de Geneviève de Brabant toute nue au fond des bois avec sa biche, je finissais quand même par m'endormir.

Un seul récit m'impressionnait si profondément que le « marchand de sable » lui-même était dompté. C'était cette terrible fable du *Loup et de l'Agneau*.

Il faut convenir qu'il est d'une férocité abominable, cet apologue que M. de Bismarck doit avoir souvent médité. A coup sûr, le bambin que j'étais alors n'en pouvait comprendre la dure morale; mais cette brève tragédie était insupportable à ma naissante sensibilité. Quand mon père faisait la grosse voix, en arrivant à ce vers :

Qui te rend si hardi de troubler mon breuvage?

comme je connaissais la suite, comme je savais que le pauvre agneau se défendrait inutilement et finirait par être dévoré, je n'y pouvais plus tenir, j'essayais de fermer avec mes deux petites mains la bouche d'où sortaient ces paroles si affreuses, et je m'écriais en sanglotant : « Pas le loup!... Pas le loup!... »

A cette supplication désespérée, mon père s'interrompait, me consolait par des caresses, couvrait de baisers mes joues chaudes de larmes. Mais je le voyais sourire, et je me suis alors demandé quelquefois quel plaisir il pouvait prendre, lui si bon, à effrayer un petit enfant. Car il s'obstinait à me redire l'effroyable fable, et je lui en voulais presque, tremblant toujours dès le premier mot et toujours m'écriant au même endroit : « Pas le loup, papa!... Pas le loup!... »

Depuis, j'ai compris pourquoi mon père souriait de me voir pleurer : il était heureux, ce doux rêveur, de voir éclore dans l'âme de son fils un premier instinct généreux; et il insistait, il me répétait le cruel chef-d'œuvre, pour exci-

ter en moi ce sentiment si rare chez les enfants :
la pitié.

Sois tranquille, mon bien-aimé père ! ta leçon
n'a pas été perdue, et ces larmes d'enfant don-
nées au malheureux agneau de La Fontaine ont
sans doute décidé de la formation de mon caractère et de mon esprit. Sois tranquille ! Je ne l'oublie jamais, ce souvenir de ma première enfance,
et le poète qui est ton fils garde fidèlement
l'amour des faibles et des opprimés, ainsi que
l'horreur de l'injustice et de la tyrannie.

II

L'HOTEL DES INVALIDES

Le Dôme de Mansard, qui a la forme d'un casque et offre ainsi un magnifique symbole de la guerre, se dresse dans mes plus lointains souvenirs de vieux Parisien. Je puis dire que mon regard s'est arrêté avec admiration, presque tous les jours de ma vie, sur ce chef-d'œuvre de l'architecture française, à qui ses ornements et ses verrières donnent un ton si harmonieux d'azur et d'or.

Je me revois tout petit bonhomme de cinq ou six ans, jouant avec la plus jeune de mes sœurs, qui n'en avait que huit ou neuf, sur le rempart monumental, derrière les énormes canons de la batterie d'honneur. Une vieille femme, qui s'appelait la mère Bernu et à qui ma mère, trop occupée au logis, confiait le soin de mener à la promenade ses deux plus jeunes enfants, nous surveillait, assise sur un banc, tout en tricotant un bas de laine. Elle nous avait conté qu'un de ses fils fut un soldat de l'Empereur et nous avait dit avec fierté de quelle martiale façon il portait le bonnet à poil des grenadiers. Quand un vieux brave à nez d'argent ou à manche vide prenait place à côté de la mère Bernu et faisait un bout de causette avec elle, elle devait certainement lui parler de son fils, et l'invalide en profitait, à coup sûr, pour faire à la bonne femme un récit familier de la journée d'Austerlitz ou de Wagram.

Car, à cette époque, l'Hôtel était encore plein de Vieux de la Vieille, et le cercueil du Grand Empereur, alors déposé provisoirement dans une chapelle de l'église, était gardé exclusivement par des soldats ayant servi sous les aigles. Les invalides ne portaient pas, alors, la capote et la casquette d'hôpital, mais le haut bicorne en bataille, l'habit aux basques relevées, montrant sa doublure rouge, et le baudrier de cuir blanc au bout duquel pendait le petit sabre de l'infanterie d'autrefois, l'antique « coupe-choux ».

De notre temps, sans leur cocarde, sans les croix et les médailles qui décorent la poitrine de la plupart d'entre eux, on aurait pu confondre les invalides avec les « bons pauvres » de Bi-

cêtre. Mais alors ils gardaient encore un aspect
et une tenue militaires. Leurs officiers, assez nombreux, arboraient les épaulettes de leur grade et
se coiffaient aussi crânement que possible du
bonnet de police à galon et à gland d'argent.
Tout ici conservait un caractère guerrier.

Le dimanche, à la messe solennelle, où l'on
m'a mené plusieurs fois, c'était un spectacle im-
posant. Les invalides y assistaient, rangés en
deux colonnes dans la net, armés de la lance à
flamme blanche et rouge. Dans le chœur, on
apercevait le gouverneur, un vieux héros à
plaque et à grand cordon, entouré de son état-
major, et à l'élévation, quand le peloton des
élèves tambours, des enfants de troupe de l'Hôtel, battait aux champs, tous les vieux soldats
mettaient un genou en terre, excepté les amputés à jambe de bois.

Je n'ai jamais oublié les heures de mon enfance passées dans cette atmosphère héroïque.
C'est là que, dès mon plus jeune âge, je me suis
pénétré inconsciemment de l'admiration et du
respect de la France militaire. Tout petit, j'ai
cru entendre un murmure de gloire sortir de la
gueule des canons-trophées et des obusiers
triomphaux; et, quand un invalide, ayant fait
connaissance avec notre vieille gardienne, nous
emmenait en sa compagnie visiter le jardinet

dans lequel une statuette en plâtre du Petit Caporal se dressait parmi les fleurs comme sur un
autel familier, ma cervelle enfantine comprenait
vaguement que, pour ses soldats, Napoléon avait
été plus qu'un homme, tranchons le mot, un
demi-dieu.

*
* *

Quelques années plus tard, c'est avec mon
père que je suis allé souvent à l'Hôtel des Invalides. Il y visitait un de ses amis qui, tout jeune
et n'ayant encore que l'épaulette de sous-lieute-
nant, avait été grièvement blessé à Waterloo.

Chez M. Lhéritier, — c'était son nom, — j'ai
vu plusieurs anciens officiers de la Grande Armée,

> Ces Achilles d'une *Iliade*
> Qu'Homère n'inventerait pas,

comme a si justement dit Théophile Gautier;
j'ai vu quelques-uns de ces hommes qui avaient
fait victorieusement le tour de l'Europe sous les
plis du drapeau tricolore et amassé pour leur
pays — au prix de quels exploits et de quelles
souffrances! — un inépuisable trésor de gloire.

L'un d'eux, ami intime de mon père, le capi-

2.

taine Gault, qui n'habitait pas l'Hôtel des Invalides, mais s'y réunissait parfois à ses compagnons d'armes, avait chargé, sous les yeux de
l'Empereur, à la bataille de Montereau, et sa conduite fut si brillante en cette circonstance que
Napoléon avait épinglé de sa propre main l'é-
toile de la Légion d'honneur sur l'habit d'uniforme de ce maréchal-des-logis de dragons.
« Oui, de sa belle petite main, » disait le capitaine avec un regard passionné, comme s'il eût
parlé d'une femme, quand il rappelait cette inoubliable minute de sa vie.

Oh! les braves gens! Ils racontaient leurs
campagnes un peu longuement peut-être, mais
sans fanfaronnade, et tous auraient apprécié, j'en
suis sûr, le fameux mot du maréchal Ney, lancé
dans une conversation de jeunes officiers trop
vantards :

« Quel est le j...-f... qui prétend n'avoir jamais eu peur? »

Ces invalides avaient été des héros et ne semblaient pas s'en douter. Leurs entretiens respi-
raient la franchise, la droiture. Tous, ils avaient
conservé intacte la vertu des humbles, qui, selon
moi, surpasse toutes les autres, la simplicité du
cœur.

Et quels mâles et honnêtes visages! Pendant
qu'ils causaient avec mon père, l'un d'eux me

donnait un livre, pour me faire passer le temps, et me disait, d'une voix cordiale et bourrue :

« Tiens, gamin, regarde les images. »

Ce livre, c'était, tout naturellement, le *Norvins* avec les dessins de Raffet, ou le *Mémorial* avec ceux de Charlet. Ces types de soldats, si bien saisis par les deux artistes, je les retrouvais, vieillis, dans les officiers invalides groupés autour de moi. Oui, les crânes étaient devenus chauves par le frottement du casque dur ou du lourd colback, les mentons remontaient sous les moustaches blanches, à cause des mâchoires édentées. Mais c'était bien la même physionomie sérieuse, un peu mélancolique même, et, sous la broussaille des sourcils, le même regard calme et ferme, où passe parfois un éclair, le regard pour affronter le danger, pour braver la mort.

Quand nous nous en allions, mon père et moi, il fallait descendre de larges escaliers, longer des corridors qui n'en finissaient plus, et partout, sur les murs, étaient écrits des noms de batailles célèbres et de chefs illustres. Esprit très cultivé, causeur charmant, mon père saisissait là l'occasion de m'enseigner notre histoire militaire.

Il était légitimiste ; mais l'excellent homme aimait trop son pays pour bouder aucune de ses gloires. Sans doute, devant le bas-relief de la porte monumentale, il me montrait avec orgueil le Louis XIV équestre en me disant :

« C'est le Grand Roi. »

Mais, quand nous traversions la vaste cour entourée d'arcades, où triomphe le bronze de l'Homme au petit chapeau, mon royaliste de père me disait tout de même :

« C'est le Grand Napoléon. »

Allons, si j'ai l'âme bien vraiment française, je le dois certainement aux leçons paternelles, aux conversations des vieux braves, à mes visites d'enfant à l'Hôtel des Invalides.

*
* *

Du temps passa. Je devins un jeune homme et j'entrai, en qualité de très modeste gratte-papier, au ministère de la Guerre. J'eus la douleur de perdre mon père, et ses amis de la Grande Armée l'avaient précédé dans la tombe. Pourtant, je continuai à fréquenter le vieil édifice, un de mes meilleurs camarades de bureau étant le fils d'un officier invalide.

C'était alors le plein midi du second Empire. Sur les larges boulevards, — alors plantés d'ormes séculaires qu'on a coupés pendant le siège de Paris, — sur la belle esplanade et devant l'École militaire, c'était une circulation constante d'officiers et de soldats de la Garde impériale : grenadiers géants, lestes voltigeurs, lanciers blancs, dragons verts, cent-gardes bleu de ciel et ruisselants d'aiguillettes et de galons. Les beaux uniformes ! J'admire encore par le souvenir les officiers de l'artillerie de la garde, dans leur tenue d'un luxe sévère, — rien que du drap noir et de l'or, — sans autre note de couleur vive que la double bande rouge du pantalon, signe traditionnel de l'arme.

Tout ce monde-là était jeune, heureux, encore enveloppé du prestige des récentes victoires. Aux environs du Champ-de-Mars et dans les quartiers voisins, on avait alors, en vérité, la sensation d'une fête militaire qui durait sans cesse.

L'Hôtel des Invalides participait, bien entendu, à cette joie guerrière. Les Vieux de la Vieille s'y faisaient rares ; il y avait encore pourtant quelques médaillés de Sainte-Hélène parmi les nombreux pensionnaires de la maison, manchots de Crimée et jambes de bois d'Italie. Tous les cœurs, jeunes ou vieux, qui battaient sous les capotes décorées, étaient fiers des nouveaux drapeaux pris à l'ennemi qui pendaient aux murs de l'église, et frémissaient encore des

salves tirées par la batterie triomphale pour Malakoff ou pour Magenta.

Hélas! que cela est loin de nous, les victoires
saluées par les explosions de bouches à feu et
les *Te Deum!*

Aujourd'hui, les monstres d'airain, les énormes
canons sont muets, et il n'y a même plus de
vieux artilleurs pour y pousser l'écouvillon et pour
y porter la mèche enflammée. Dans ces vastes
bâtiments, — toute une ville, — existe-t-il encore une chambrée, une salle d'infirmerie où
quelques vieillards finissent de s'éteindre? Je
n'en sais rien. Mais l'invalide peut être considéré désormais comme une figure du passé, un
type disparu.

On a utilisé sans peine tous ces logis. Ils abri-
tent un nombreux personnel, plusieurs services
administratifs de l'armée. C'est ici que demeure
le général à plumes blanches, gouverneur de
Paris. Mais la plus heureuse destination qu'on
ait donnée aux parties désertes de l'édifice, c'est
d'y installer le musée d'Artillerie et le musée de
l'Armée. On ne pouvait mieux placer ce reliquaire de nos gloires d'autrefois.

« Ferraille à vendre! » disent les irrespectueux
devant les armures historiques. « Vieux habits,
vieux galons! » ajoutent-ils en ricanant devant
les uniformes légendaires.

Honte à ces blasphémateurs! Comme un amant garde dans un coffret précieux une boucle de cheveux, un billet, un gant d'une maîtresse adorée, comme un dévot enferme, dans une châsse d'or incrustée de pierreries, le fragment d'os d'un martyr et d'un saint, oh! conservez-moi avec piété, pour que j'y pose respectueusement mes lèvres, la loque de soie pâlie et déchirée qui fut jadis un drapeau de ma patrie!

Protégez d'un globe de verre ce « petit chapeau » que détruiraient les mites; il est plus glorieux que la couronne de Charlemagne! Couchez soigneusement sur le velours, dans la vitrine, cette vieille cravache de Murat; elle vaut Durandal, l'épée du paladin Roland!

Pour ma part, j'approuve tellement la pensée qui a présidé à la fondation du musée de l'Armée que, pour lui, je me suis dessaisi d'un objet que j'étais très fier de posséder. C'était une assiette du service de campagne de l'Empereur, une assiette en cuir bouilli, peinte en vert et ornée d'un aigle doré, — le tout très fané, très usé. Car elle a beaucoup servi, cette assiette. Au déjeuner en plein air, devant la tente et près du feu de bivouac, le mameluk l'a présentée à l'empereur avec l'aile de poulet qu'il allait arroser d'un verre de chambertin. Il l'a touchée, cette assiette; il l'a touchée bien des fois, « de sa belle petite main », comme disait le capitaine Gault!

Eh bien! j'avais cette relique, ce trésor, et je ne me suis pas trouvé digne de la garder pour moi tout seul, et je l'ai donnée au musée de l'Armée. Jugez, par ce trait, de ma sévérité pour les sceptiques qui sourient devant le bric-à-brac héroïque!

Je vieillis, et, très probablement, je finirai ma vie près du vieux dôme qui évoque dans mon esprit tant de souvenirs d'enfance et de jeunesse. Hélas! je le regarde parfois avec tristesse, en ces jours où notre pauvre pays est sans gloire. Mais, pour secouer ce découragement, je n'ai qu'à entrer dans l'admirable édifice, à m'accouder à la balustrade de marbre et à contempler, dans sa crypte, le tombeau impérial autour duquel veillent, la palme à la main, les douze victoires de Pradier. Je me rappelle alors que la France, enflammée par le génie de Napoléon, a naguère accompli des prodiges guerriers auxquels l'histoire d'aucun peuple ne peut offrir rien de comparable, et je sens alors monter vers moi, du fond de ce gouffre funèbre, un souffle de consolation et d'espérance.

III

PREMIÈRES IMPRESSIONS DE THÉATRE

RACHEL DANS ATHALIE
LE CIRQUE IMPÉRIAL. — FRÉDÉRICK LEMAÎTRE

J'étais un enfant, j'avais douze ans à peine, la seule fois que je vis Rachel, et, si lointaine que soit cette impression, je voudrais la fixer ici.

Avais-je congrument appliqué dans mon thème élémentaire la règle *Vas ex auro,* ou traduit sans contresens une page du *De Viris?* Je ne m'en souviens plus; mais ce que je me rappelle fort bien, c'est que je fus mené, ce soir-là, au Théâtre-Français à titre de récompense. Déjà, dans mon imagination enfantine, le Théâtre-Français apparaissait comme un lieu sacré, et mon excellent père — homme du goût le plus

délicat et qui m'inspira, dès le berceau, pour ainsi
dire, la passion des lettres — m'avait souvent
parlé, et dans quels termes! de la fameuse Maison de Molière. Il ne tarissait pas, notamment,
sur les grandes soirées de Talma et racontait, en
riant, comment, pour n'être pas bousculé dans
la foule et pour obtenir une des meilleures places
du parterre, il allait faire queue, appuyé sur une
béquille et simulant une piteuse claudication.
Un pareil amateur de spectacles avait été des
premiers à applaudir Rachel, comme bien vous
pensez, et il avait déjà exalté par ses récits sur
la tragédienne la jeune tête de son fils, lequel
venait de revêtir depuis peu sa première tunique
de collégien.

Donc, la première fois que je m'assis, à côté
de mon cher père, sur les banquettes du parterre
de la Comédie-Française, ce fut pour voir Rachel
dans *Athalie*. Depuis lors, on m'a souvent dit
que ce ne fut pas un de ses bons rôles; mais,
alors, je ne pouvais faire de comparaisons, pas
plus que je n'en puis faire aujourd'hui, n'ayant
vu Rachel que dans cette unique et inoubliable
soirée.

Inoubliable et inoubliée! Je n'ai qu'à me recueillir un moment pour revoir, par le souvenir,
la salle immense à mes yeux d'enfant, la salle
étincelante et bondée jusqu'aux frises, et pour

entendre l'orchestre — le Théâtre-Français avait encore un orchestre — brusquement interrompu par le lent et majestueux lever du rideau. Maubant, jeune alors, Maubant, coiffé du casque d'Abner, était en scène avec Beauvallet, dont la voix d'airain faisait sonner les magnifiques vers du rôle de Joad. Mais le début de la pièce fut écouté avec une visible inattention. On attendait le deuxième acte, on attendait Rachel. Enfin, le moment souhaité arriva ; Zacharie annonça à Josabeth l'audacieuse entrée de la fille d'Achab dans le temple ; les tuniques blanches des lévites et des jeunes filles du chœur s'envolèrent. *Dea ! ecce Dea !...* et Rachel parut.

C'était bien la terrible reine de Juda. La tête ceinte du bandeau d'or et drapée admirablement dans un costume somptueux et barbare, Rachel s'était courageusement grimée en vieille, et deux grosses nattes de cheveux gris lui pendaient à droite et à gauche du visage. Il se fit un profond, un religieux silence dès qu'elle ouvrit la bouche ; mais il sembla plus complet encore quand elle commença la tirade qui précède le songe :

Prêtez-moi, l'un et l'autre, une oreille attentive.

On n'attend pas, sans doute, des souvenirs d'un enfant une critique raisonnée, une analyse exacte de la manière dont Rachel débita le célèbre songe d'*Athalie*. Tout ce que je puis dire, c'est que ce morceau, qui ne se présentait alors à mon esprit, ainsi que le récit de Théramène et quelques fables de La Fontaine, que comme une longue et ennuyeuse leçon à apprendre, me parut, interprété par la tragédienne, avoir l'intérêt le plus poignant ; c'est qu'autant que je vivrai je pourrai évoquer dans ma pensée la vieille reine hallucinée désignant du doigt, dans le vide, le cadavre de Jézabel dévoré par les chiens, et fixant sur cette vision épouvantable des yeux éperdus, ces yeux noirs et brûlants de Rachel qui brillaient d'une flamme si ardente sous le marbre de son front carré !

L'interrogatoire de Joas ne m'impressionna pas moins, et je me rappelle encore le ton d'hypocrite bonté et le sombre regard de méfiance avec lesquels s'adressait à l'enfant royal, debout devant elle, l'usurpatrice, assise et les mains crispées aux bras de son fauteuil.

Oui, j'ai jadis aimé, adoré le spectacle. En véritable enfant, — je pourrais presque dire, vu l'humble condition dans laquelle je suis né, en véritable gamin de Paris, — j'ai usé, dans mon jeune âge, plusieurs fonds de culottes de collégien sur diverses banquettes de parterre et de seconde galerie; j'ai accompli l'action, qui me semble aujourd'hui extravagante, de faire queue; on m'a vu, après trois heures de faction, pénétrer dans la salle du Théâtre-Français, aux anciens « gratis » du Quinze-Août, avec du pain et du saucisson dans la poche de ma tunique... Heureux temps, où la solennelle minute du lever de la toile me faisait passer un frisson de joie dans le cœur.

Le boulevard du Temple existait encore; mes parents logeaient dans le quartier, et quand, grâce à leur libéralité, j'étais à la tête de quarante sous, « somme considérable pour l'époque », comme on lit dans les historiens, je me rendais, dès six heures du soir, sur le boulevard et je passais en revue cette série de théâtres qui allait du Lyrique au Petit-Lazari. C'était un des coins les plus pittoresques de Paris que ce large trottoir, encombré de boutiques d'oranges en plein vent, égayé par les sonnettes des marchands de coco et sillonné constamment par une foule où vous apparaissait, presque à chaque pas, la face bleue, à force d'être rasée, d'un comédien célèbre.

De toutes les « queues » qui se recourbaient

devant moi en replis tortueux, celle où je pre-
nais place le plus souvent conduisait au guichet
du Cirque-Impérial. On y jouait alternativement
des féeries et des pièces militaires; mais celles-ci
avaient surtout le don de m'attirer. Je me sou
viens encore avec ivresse des dialogues coupés
par la mousqueterie, des piétinements de chevaux et des uniformes noircis par la poudre du
Cirque-Impérial. C'était toujours la même histoire, ou à peu près, et il était bien rare que le
rideau ne se levât pas d'abord sur une estrade
d'enrôlements volontaires, avec les drapeaux au
vent, les soldats en pantalons rayés, les conven-
tionnels à panaches et ceints d'écharpes trico-
lores. Et le jeune premier, qui avait toutes chances
de devenir maréchal d'Empire vers le huitième
tableau, embrassait sa maman et s'engageait
dans la 32ᵉ demi-brigade, où sa bonne amie le
suivait comme vivandière, et le poltron du village — il y avait toujours un poltron — était
gagné par l'enthousiasme universel et partait
aussi, afin de devenir un brave à trois poils dans
la suite de la pièce.

C'était Colbrun qui jouait ce rôle-là, Colbrun,
espèce de Gavroche, spirituel comme un singe
et vif comme une anguille. Ils n'ont rien vu,
ceux qui n'ont pas vu Colbrun, en fusilier de la
ligne, laissé, pendant la retraite de Russie, en

sentinelle perdue dans un « décor de neige ».

— Pas de bon drame sans un « décor de neige » !

— Le pauvre petit soldat battait la semelle et soufflait dans ses doigts, lorsque les cosaques arrivaient sur leurs haridelles, la lance en avant. Mais le Jean-Jean se transformait tout à coup en lion ; il tuait d'abord un Russe d'un coup de fusil, puis il tenait les autres en respect en faisant l'escrime à la baïonnette, et, quand l'un des cosaques lui criait : « Rends-toi ! » Colbrun, prophétisant l'apostrophe naturaliste du commandant du dernier carré, s'écriait, avec son accent de voyou de Paris :

« Si j'étais le général Cambronne, je sais bien ce que je vous répondrais ! »

C'était un effet considérable !

Quant à la vivandière d'alors, qui, comme toutes les vivandières du Cirque, faisait preuve d'une vertu peu vraisemblable et ne manquait pas de chanter, dans le cours de la soirée, une ronde reprise en chœur par toute la figuration, c'était une belle fille nommée Eudoxie, qui est devenue depuis, m'a-t-on assuré, la légitime épouse d'un vaudevilliste. Triste fin pour la superbe personne qui troublait mes rêves d'adolescent et qui me faisait éprouver toutes les tortures de la jalousie quand un hussard rouge, en bottes à mille plis, lui prenait la taille et

la baisait sur le cou, au moment où elle avait
les mains occupées à lui verser un verre de
rogomme.

Mais tout cela n'était que l'accessoire, la ba-
gatelle. Le vrai drame, c'était la guerre, c'était
la fabuleuse aventure de cet empereur qui a
paru, dans notre histoire, rapide et brillant,
comme l'éclair d'un coup de canon. Coiffé d'un
petit chapeau, drapé dans la légendaire redingote, il arrivait sur son cheval blanc et s'arrêtait
devant le trou du souffleur, suivi de son escorte
de mameluks et de maréchaux chamarrés d'or.
L'illusion était complète. Ce n'était pas Tail-
lade, ce n'était pas Maurice Coste qui nous jetait
d'une voix saccadée quelques lambeaux des *Bulletins* et du *Mémorial;* c'était l'empereur en personne, c'était Napoléon lui-même! Que de fois
je l'ai vu, dans les tableaux successifs des pièces
du Cirque, maigre général aux longs cheveux
plats, montrant du doigt les Pyramides à ses grenadiers d'Égypte, ou César à la large face pâle,
à cheval sur une chaise, devant un feu de bivouac,
et roulant distraitement un boulet sous sa botte
de soldat!

Avec lui, défilaient ses lieutenants, son état-
major de héros, les Diomèdes et les Idoménées
de l'Iliade moderne. C'était le fidèle Lannes
sur sa civière, le soir d'Essling; c'était Murat,

paré comme un danseur, jetant son gant pour marquer l'endroit où l'on dresserait sa tente; c'était Masséna au siège de Gênes, dans une pièce dont le titre : l'*Enfant chéri de la Victoire,* ronfle encore à mes oreilles.

Il y avait, je m'en souviens, une situation superbe dans ce siège de Gênes. On n'avait plus de vivres, on mourait de faim, lorsqu'un parlementaire était introduit. Ce devait être le traître de la chose, rôle qui était invariablement confié au fameux Jenneval.

« Capitulez, disait l'Autrichien. Nous savons que vous êtes à bout de ressources. »

Mais Masséna protestait :

« Vous vous trompez. Nous ne manquons de rien... Qui est-ce qui a faim, ici? »

Et, s'adressant à une vieille moustache :

« Parle franchement, toi... As-tu faim ?

— Non, mon général, » répondait d'une voix faible le vétéran.

Et il s'évanouissait, tombant d'inanition. Riez, si vous voulez; le coup de théâtre était énorme.

Hélas! toutes ces belles choses ont disparu. Je ne verrai plus la Grande Armée, représentée par deux ou trois pelotons de voltigeurs, piétiner sur place en marquant le pas, tandis qu'une toile mobile déroulait, au fond du théâtre, le panorama de l'Allemagne ou de l'Italie; je n'assisterai plus à ces conseils de guerre, tenus dans un « décor d'attente », où les mots d'infanterie, de cavalerie et d'artillerie vibraient assez fort pour couvrir le bruit du travail des machinistes préparant le changement à vue. Plus d'empereur mettant le pied à l'étrier et saisissant à pleine poignée la crinière de son cheval en s'écriant :

« J'entends le canon de Duroc! »

Plus de généraux engoncés dans leurs cravates, avec des favoris en crosses de pistolets! Plus de grognards décorés sur le champ de bataille! Plus de cantinières se battant au sabre pour défendre l'aigle! Plus de tambours battant aux champs dans la fumée, à la chute du rideau! Tout cela serait, maintenant, suranné, vieilli, passé de mode. Vieux habits! vieux galons! Soit. Mais ils me rappellent l'héroïque défroque de bronze qui se dresse sur le socle de la place Vendôme, et je suis heureux de leur donner ici un mélancolique regret.

Je l'ai vu aussi, je l'ai entendu, je l'ai applaudi à me peler la paume des mains, le grand acteur,

le Napoléon des planches, Frédérick Lemaître!
Certes, je n'ai pu assister qu'à sa décadence;
déjà l'édifice était en ruines, mais en ruines du
plus magnifique aspect, de la plus grande tour-
nure. Le vieux cheval de sang était couronné des
deux genoux; mais, quand il sentait l'éperon, il
partait encore d'un furieux galop. Songez donc!
Je parle d'il y a longtemps, lorsque Frédérick
reprit à l'Ambigu — je ne sais plus au juste sous
quelle direction, mais il me semble que c'était
celle de Chilly — toute une série de ses rôles à
grand succès: *Trente Ans ou la Vie d'un Joueur,
Don César de Bazan*, la *Dame de Saint-Tropez*, le
Vieux Caporal. Il était déjà bien cassé, le pauvre
Frédérick; mais, allez! les morceaux étaient bons.

Je ne le revis qu'assez longtemps après, dans
ce *Crime de Faverne*, grossière machine charpen-
tée à coups de hache par Théodore Barrière, qui
a tant galvaudé et gâché ses puissantes qualités
d'homme de théâtre; et Frédérick me parut encore admirable dans les quelques scènes du no-
taire Séraphin. Mais cette dernière impression est
moins vive dans ma mémoire que les anciennes.
Étais-je devenu plus blasé, plus difficile? Bien
plus probablement, c'était Frédérick qui avait
encore vieilli davantage, qui avait descendu quelques degrés de plus de la vie effrénée, de la vie
d'excès et de bohème, où il s'est lentement et

continuellement abîmé! Sa voix, surtout, cette
voix qui fut toujours pleine de « trous », mais
dont j'ai encore pu entendre les derniers éclats,
était perdue tout à fait; cela tenait du hoquet,
du sanglot, du râle; on n'entendait presque plus
rien, et le malheureux homme, qui avait la conscience de son impuissance à cet égard, faisait,
pour parler, des efforts douloureux toujours,
parfois horribles même, et ne pouvait plus manifester son génie que çà et là, par un geste éton-
nant, une trouvaille de pantomime, où cet
artiste damné savait encore mettre un peu de
sublime.

Pour une raison ou pour une autre, mes souvenirs sur Frédérick Lemaître dans le *Crime de
Faverne* sont moins enthousiastes et aussi plus
confus que ceux des reprises de l'Ambigu. Parlons donc de ces derniers, — non de tous, car il
me faudrait parler jusqu'à demain, — mais de
quelques-uns, de Frédérick dans le *Vieux Caporal,* par exemple.

La pièce, vulgaire besogne de d'Ennery, est
quelconque, et son plus grand mérite consiste
dans l'invention d'un personnage qui devient
muet pendant trois actes; car, dès lors, Frédérick
commençait à perdre sa voix. Depuis plusieurs
années déjà, il n'avait plus une dent et portait
un râtelier complet qui le gênait fort. Il ne pou-

vait s'en passer, cependant, pour parler distinctement. On raconte qu'un jour, en pleine scène, ce râtelier lui tomba de la bouche. Mais, sans se troubler, improvisant aussitôt une petite pantomime, le vieil acteur ramassa l'appareil sans que le public s'en aperçût, en relevant son mouchoir négligemment jeté à terre; puis, feignant de s'essuyer le visage, il remit le râtelier à sa place, avec un geste merveilleux de grâce, d'adresse et d'agilité.

C'était donc une idée excellente de lui confier un rôle de muet, et ses faiseurs ordinaires la mirent bien vite à exécution. Pourtant, Frédérick avait encore un peu à parler dans le *Vieux Caporal,* notamment au prologue, où il chantait même — avec quelle aphonie lamentable! — une petite chanson.

Ce qui était superbe, par exemple, dans ce prologue, c'était l'entrée de Frédérick en grande tenue de caporal des grenadiers de la garde impériale. Jamais grognard, tiré par l'oreille et appelé par son nom à la parade par le grand Napoléon, n'a mieux porté le haut bonnet à poil, les grandes guêtres noires, l'habit bleu étoilé de la croix d'honneur et traversé par les buffleteries blanches, les vieilles épaulettes rouges, le sac et la giberne, portés très bas; jamais vieux de la vieille, ayant fait toutes les étapes de Toulon à Waterloo, n'a été plus à son aise dans ce fameux uniforme et n'a plus légèrement manié le fusil de munition. Frédérick, en caporal de grenadiers, évoquait et symbolisait toute la Grande Armée. L'apparition seule du comédien donnait la mesure de son art consommé du costume et de la composition. Le vieux caporal de Frédérick aurait pu être signé Charlet.

Tout de suite, il y avait une scène charmante.

On confiait au vieux caporal une enfant, une petite fille de trois ou quatre ans, lorsque, soudain, pif! paf! la fusillade éclatait. Aux armes! On rompait les faisceaux; et le brave homme, fort empêtré, mettait l'enfant sur son dos, à cheval sur son sac, et commençait à tirailler sur les Autrichiens, se retournant, entre chaque coup de feu, vers la petite et lui recommandant de se bien tenir.

Tout à coup, les ennemis font un feu de bataillon, et le bonnet à poil du vieux caporal est renversé par une balle, — par une balle qui a dû tuer l'enfant. Cette horrible crainte se peignait sur le visage de Frédérick; il détournait la tête avec lenteur, osant à peine regarder par-dessus son épaule. Mais la petite fille n'avait pas été atteinte, et, joyeuse, sans se douter du danger couru, elle tirait la moustache de son ami, dont les yeux s'emplissaient alors de larmes de joie.

Jamais je n'ai vu physionomie d'acteur exprimer deux sentiments opposés avec autant de force et de mobilité que la physionomie de Frédérick dans cette scène. Il y a près de quarante ans de cela, et je n'ai qu'à fermer les yeux, à l'heure qu'il est, pour revoir le prodigieux artiste.

Mais, où il triomphait, c'était dans la grande scène muette.

La situation imaginée par le dramaturge ne manquait ni d'ingéniosité ni de pathétique. Fait prisonnier en Russie et longtemps retenu dans les mines de sel de la Sibérie, le vieux caporal parvenait enfin à s'évader et revenait en France, après mille misères. Là, il n'avait qu'un mot à dire pour confondre un traître quelconque et réparer je ne sais plus quelle injustice. Mais, au moment où le pauvre voyageur arrive dans son village, un scélérat glisse un rouleau de louis dans son sac et lui dérobe ses papiers ; puis on l'accuse de vol, et, dans son saisissement, le vieux caporal est frappé d'une paralysie de la langue. Comment faire maintenant pour révéler le secret ? Le vieux caporal est muet et, naturellement, ne sait pas écrire ; car, s'il avait su écrire, il serait devenu depuis longtemps maréchal de France. Il ne lui reste que le langage des muets, le geste et la physionomie ; ils lui suffiront. Et alors Frédérick jouait une scène inoubliable, où il racontait, par la seule puissance de la pantomime, la campagne de Russie, sa captivité dans les mines, son évasion, son long voyage de mendiant à travers l'Europe, tout cela mêlé à une sombre histoire d'enfant perdu, d'héritage détourné, à une intrigue très compliquée de mélodrame, que le muet trouvait pourtant moyen de faire comprendre.

Frédérick n'a peut-être jamais été plus beau, plus complet que dans cette scène. Tout le servait : son visage ravagé et labouré de rides, sa bouche tombante, son front à moitié chauve sous le désordre de ses cheveux gris. Il offrait la figure même de la souffrance. Son costume aussi était un chef-d'œuvre. Drapé dans une capote en lambeaux et chaussé de souliers boueux dans de vieilles guêtres grises, il roulait entre ses doigts un bonnet de police pourri; et les journées de marche dans la neige et sous la pluie, les sommeils dans la paille des granges, toutes les fatigues du vagabond, étaient écrits dans ses éloquents haillons. Je n'ai rien vu, je n'espère plus rien revoir de si grandiose et de si tragique.

... Mais, encore une fois, j'écrirais des pages et des pages si je voulais jeter seulement quelques croquis à la plume de Frédérick dans les rôles où je l'ai admiré. Rappelons seulement, pour ceux qui ont pu voir ce comédien si puissant et si varié, son regard d'épouvante dans la *Dame de Saint-Tropez*, quand il voyait, en regardant dans une glace, sa femme lui verser du poison ; rappelons aussi le geste ample et royal avec lequel il se couvrait, au dénouement de *Don César de Bazan*, en s'écriant :

« Et, moi, je suis le roi d'Espagne ! »

Rappelons surtout le poème de misère qu'il exprimait d'un seul regard, au dernier acte du *Joueur*, lorsque, ramassant un morceau de pain et le mettant dans sa besace, il disait, avec des larmes dans la voix :

« Pour ma famille ! »

J'écris ces lignes avec ivresse, hélas ! et elles n'auront aucun sens pour la plupart de mes lecteurs. Triste destinée que celle du comédien, qui meurt tout entier !...

IV

L'ODEON. — LE LYCÉE SAINT-LOUIS

Les reprises de *l'Honneur et l'Argent*, c'est encore un de mes plus lointains souvenirs.

Je passais alors, plusieurs fois par jour, près de l'Odéon, pour aller au lycée Saint-Louis, dont je suivais les cours en qualité d'externe libre, et mes yeux étaient aveuglés par le jaune potiron des affiches (format double colombier) dont le théâtre se pavoisait pour la circonstance et sur lesquelles étincelait, en gros caractères de vedette, le nom prestigieux de Laferrière. C'était un grand succès de pièce et d'acteurs, et le portrait du principal interprète triomphait à l'étalage de Mme Gault et de Masgana, les libraires de l'Odéon d'alors. Ces gravures en taille-douce lui donnaient toujours vingt ans, à ce beau Laferrière, né « vers la fin du siècle dernier », selon le *Dictionnaire des Contemporains*; il apparaissait debout, dans une attitude héroïque, lançant vers le ciel le regard fatal du premier rôle, les boucles de sa chevelure savamment dérangées par le coiffeur, le corps moulé dans l'habit boutonné et dans le pantalon collant à sous-pieds des anciens Gavarnis.

Je devais le voir en personne quelques années plus tard, cet acteur dont l'image byronienne avait si souvent arrêté mes flâneries de collégien dans le vent coulis des galeries de l'Odéon, et je devais perdre un peu mes illusions sur son compte. Il jouait, alors, dans une reprise de la *Conscience*, d'Alexandre Dumas, et, décidément, c'en était fait de son inamovible jeunesse. L'œil était encore brillant et lançait convenablement le défi à la destinée; les jambes aussi pouvaient supporter encore l'indiscrétion du collant gris perle et de la botte à cœur; mais les moustaches et les cheveux étaient trop noirs, du noir dur et cru des teintures; le fard ne réchampissait plus qu'imparfaitement les rides et les pattes d'oie, et les gestes, raides et saccadés, ressemblaient à ceux des marionnettes.

Mais, à l'époque des belles et fructueuses reprises de *l'Honneur et l'Argent*, Laferrière était encore le superbe, l'irrésistible Adolphe, et les séductions de sa personne et de son talent étaient, à coup sûr, pour beaucoup dans le succès inépuisable de la comédie. A quatre heures, lorsque je sortais du collège et que je repassais sous l'Odéon, les barrières de bois destinées à contenir la « queue » étaient déjà établies, et les titis dînaient là de pain et de cervelas, en attendant l'ouverture des bureaux. Il y avait un frémissement parmi ce petit monde, lorsque passait sous la galerie, se dirigeant vers l'entrée des artistes, une autre célébrité du lieu, le comédien Tisserand, qui jouait, dans la pièce de Ponsard, le rôle de Rodolphe le raisonneur. Il était aussi très aimé dans le quartier, celui-là, et les boutiquiers de la rue de l'Ancienne-Comédie connaissaient tous son visage sévère et ses sourcils circonflexes. Encore un dont le souvenir me rend mes premières impressions d'adolescent au théâtre, impressions si vives, si profondes et dont j'étais alors tellement avide que je m'installais, l'un des premiers, au premier rang du parterre, le menton sur mes bras croisés et appuyés sur la balustrade, à cette heure où la rampe n'est pas allumée et où le crépuscule des soirs d'été, pénétrant par les fenêtres du cintre, fait pâlir les lumières du lustre.

Tisserand! L'ai-je entendu assez de fois, dans

les comédies à tendances, tonner contre les mœurs du siècle et faire ronfler les tirades vertueuses! Car c'était sa spécialité, et, pour ajouter encore à la sympathie qui s'attache à ce genre de rôles, l'habile homme avait soin de se draper dans une ample redingote, de se coiffer d'un chapeau à larges ailes, de laisser tomber sur son cou les cheveux épars d'une perruque blanche, et de se faire, en un mot, « une tête à la Béranger ». Il excellait aussi dans les vieux médecins, qui, tous, sont — au théâtre — invariablement bons, spirituels et sceptiques, et nul ne savait mieux que lui, en tâtant le pouls à la jeune première, pâmée dans son peignoir de phtisique, au cinquième acte, lever les yeux au ciel et prononcer ces mots, dans un aparté douloureux :

« L'agonie approche. »

*
* *

Tout cela me rajeunit. Je revois, avec mes yeux éblouis de la quinzième année, l'ancien jardin du Luxembourg, la Velléda parmi les lilas, au fond de la pépinière, les vieux messieurs à cannes de jonc, avec un bout de mouchoir à tabac qui leur pend par derrière, rangés en cercle

autour du fameux horticulteur Hardy, qui, le sé-
cateur en main, fait son cours sur la taille des
poiriers ; je revois l'antique rue de la Harpe, escarpée comme un chemin de montagne, et les
étalages des bouquinistes où je commençais à
me mettre au courant de la littérature contemporaine, en *louchant* dans les livres non coupés,
comme dit Jules Vallès dans son *Bachelier*, et la
place Saint-Michel, avec sa station de fiacres et
sa fontaine vermiculée à la Louis XIV, portant
sur son fronton ce distique latin de Santeuil :

Sub hoc monte sacro rescril sapientia fontes ;
Ne tamen hanc purae respue fontis aquam.

J'évoque aussi le vieux collège Saint-Louis,
sa triste cour d'hôpital, plantée d'arbres chauves
et rabougris, dont, à l'automne, les « potaches »
faisaient sécher les feuilles mortes, pour les
rouler en cigarettes et les fumer dans les coins ;
et les attentes des matins d'hiver, à la porte au
fond d'une cour, rue Monsieur-le-Prince, où les
externes, leurs livres sous le bras, battaient la
semelle deux par deux pour se réchauffer les
pieds et mangeaient des gâteaux de la veille et
de l'avant-veille, « rossignols » des pâtisseries
d'alentour, qu'une pauvre bonne femme nous
vendait deux sous la pièce.

Mes professeurs, parmi lesquels on trouvait

beaucoup de vieilles gens, étaient tous très respectueux des traditions, grands observateurs des formes; ils faisaient leurs cours la toque sur la tête et drapés dans la robe noire. On cultivait avec amour le vers latin; le *Jardin des Racines grecques* fleurissait encore.

Je n'évoque point ces choses disparues pour les railler, croyez-le bien. Elles avaient beaucoup de bon. Ces vieux maîtres, aux manières surannées, étaient pleins de bonté paternelle. Si j'ai encore quelques bribes de grec dans un coin de la mémoire, c'est que j'ai su par cœur mes décades; et c'est peut-être pour avoir inutilement « pioché » mon *Gradus* et fait de détestables vers latins que j'ai fini par me décider, comme dit Pancrace dans le *Mariage forcé,* pour la langue vulgaire et maternelle, et que j'ai écrit en vers français.

Dans ce milieu patriarcal, mon enfance s'est écoulée. Externe paresseux, mais un peu excusable d'être paresseux, parce que j'étais un enfant débile et maladif, je venais, deux fois par jour, au lycée, ayant à peu près fini mes devoirs; mais, toujours en retard, je ne savais pas mes leçons et je promettais à mes parents de les apprendre en traversant le Luxembourg. L'intention était bonne, mais le jardin était délicieux et invitait à la flânerie. Il y avait là, au printemps, de si beaux feux d'artifice de fleurs, et, à l'automne, de si merveilleux couchers de soleil derrière les arbres dépouillés! Ah! le Luxembourg a bien nui à mes études! Les étalages des bouquinistes leur ont aussi fait beaucoup de tort. On en trouvait partout, des casiers bondés de livres, dans ces antiques ruelles du Pays Latin; et c'est là que j'ai feuilleté, que j'ai lu les poètes, tous les poètes; car alors je n'avais que les joies de l'enthousiasme, et pas encore les tristesses du goût. Bref, j'arrivais au lycée avec l'éblouissement de vingt vers de Victor Hugo ou d'Alfred de Musset, admirés à la hâte dans un volume entre-bâillé, ou avec une branche de lilas « chipée » à la Pépinière et écrasée entre les pages de ma grammaire de Burnouf. Mais, lorsque j'étais en classe et qu'on me priait de décliner mon verbe grec ou de passer au tableau, plus personne! Je gardais le silence d'un *cancre!* Et M. Pierron, le bon traducteur des tragiques grecs, qui m'estimait quand même, à cause d'une ode d'Horace, *O fons Blandusiæ, splendidior vitro,* traduite un jour par moi en vers passables, levait les bras au ciel en disant : « Ah! si vous vouliez! » Et notre savant professeur de mathématiques s'écriait, avec une conviction profonde et un fort accent du Midi : « Mon *povre* monsieur Coppée, il vaudrait mieux pour vous n'avoir pas fait votre première communion que de ne pas savoir la géométrie ! » Je me souviens même qu'un jour un exemplaire du *Roi s'amuse* me fut confisqué par cet homme digne et excellent, mais rebelle aux Muses, qui me prédit une destinée épouvantable, que terminerait, selon toute vraisemblance, la mort sur l'échafaud.

Un pareil scélérat devait naturellement accueillir avec enthousiasme l'idée de se mettre du fard et de monter sur les planches; et lorsque la mère d'un de mes jeunes amis offrit son appartement et — grave imprudence! — une partie de sa garde-robe pour jouer *Athalie,* je réclamai et obtins un rôle. Au fond, j'eusse préféré *Marion Delorme* ou les *Marrons du Feu* à la docte et vénérable tragédie de Racine; mais la distribution de la pièce satisfit du moins mes goûts pervers, car je fus chargé du personnage de Mathan, le sacrilège prêtre de Baal.

Je ne peux m'empêcher de sourire, encore aujourd'hui, en me rappelant cette représentation. Les jupons et les peignoirs de la maîtresse de la maison avaient été mis au pillage, et, drapés dans tout ce calicot, coiffés de tiares, de bandeaux et de casques en papier doré, mais montrant leurs bas de coton bleu et leurs gros souliers à clous de *potaches,* une douzaine de garçons de treize à quatorze ans s'agitaient, leur brochure en main, dans une salle de bain transformée en foyer des artistes. La porte de cette chambre, unique coulisse, donnait accès sur la scène, faite de quelques planches posées sur deux tréteaux et illuminée par une douzaine de bougeoirs. C'est là que fut massacrée *Athalie,* plus cruellement que dans les farouches vendredis de l'antique Odéon ou que dans les sinistres matinées de M. Ballande. Deux rôles cependant furent assez bien tenus : celui du grand-prêtre et celui de la reine de Juda. Quant à moi, chargé du rôle de Mathan, je fus exécrable, et lorsque je déclamai, avec un ton de scepticisme railleur que je jugeais du meilleur effet, les fameux vers :

> Ami, peux-tu penser que d'un zèle frivole
> Je me laisse aveugler pour une vaine idole,
> Pour un fragile bois que, malgré mon secours,
> Les vers sur son autel consument tous les jours...

Nabal, mon confident, m'éclata de rire au nez, sans respect pour ma haute dignité ecclésiastique. C'est même sans doute à cet échec que je dois de ne pas m'être laissé entraîner vers la séduisante carrière du théâtre. Peut-être, sans cet accident, serais-je aujourd'hui sociétaire à part entière dans l'illustre maison de la rue de

Richelieu, au lieu de traîner l'existence précaire
et contentieuse de l'homme de lettres. — Mais
mon professeur de géométrie avait raison : j'ai
mal tourné!

*
* *

Puisque, malgré la gravité du sujet, je m'é-
gaye un peu à propos d'*Athalie,* qu'on me permette de conter ici une anecdote assez peu connue.

C'est un vers de la tragédie sacrée de Racine
qui a fermé à Théophile Gautier les portes de
l'Académie française.

L'excellent poète venait de poser sa candida-
ture pour la deuxième ou troisième fois. Tous
les obstacles étaient à peu près levés, toutes les
hésitations étaient presque vaincues; il ne restait plus à corrompre que deux ou trois classiques endurcis, que le légendaire gilet rouge de
la première d'*Hernani,* agité dans leurs souvenirs, affolait comme des taureaux de combat.
L'un des « quarante » invita ces derniers récal-
citrants à dîner avec Théophile Gautier, les assu-
rant qu'ils trouveraient en lui, malgré sa chevelure mérovingienne, un lettré savant et délicat,

un érudit capable, en un mot, de combler à lui seul le puits sans fond du Dictionnaire.

Or Gautier, parfait homme du monde quand il le voulait, laissait quelquefois reparaître le rapin qu'il avait été jadis. Quelque chose restait en lui de l'ancien élève de Rioult, et il ne résistait pas toujours au plaisir innocent d'une charge d'atelier, d'une farce même rabelaisienne.

Le dîner eut lieu et se passa d'abord à merveille. Gautier éblouit les convives par cette conversation aussi brillante, aussi imagée, aussi correcte que le style de ses livres, et qui lui faisait dire par ses intimes, l'invitant à la causerie :

« Théo, fais-nous un article. »

Mais, en prenant le café, entre hommes, l'un des Immortels entreprit le pauvre Gautier; il lui reprocha son passé, lui récita des pages entières du *Cours de Littérature* de La Harpe, et le traita un peu en petit garçon. Le poète, très bénévole de sa nature, le laissait dire.

Enfin, le vieillard s'exalta :

« Comment, monsieur Gautier, vous avez osé attaquer Racine !... Racine, l'Euripide français, l'auteur d'*Athalie,* de ces vers admirables...

Et il déclama la première scène de la pièce jusqu'au distique :

Du temple orné partout de festons magnifiques
Le peuple saint en foule inondait les portiques.

Gautier était impatienté; il n'y put tenir.

« Oh! les malpropres! dit-il avec son flegme olympien... Inonder les portiques... Cela prouve, monsieur, que la police du temps était bien mal faite. »

Cette plaisanterie, que le bon Gautier aurait peut-être dû réserver pour le Carnaval, indigna l'académicien; il s'en souvint au jour de l'élection. Et c'est pourquoi l'un des plus grands écrivains de ce temps ne s'est assis, comme Balzac et comme Dumas père, que sur le quarante et unième fauteuil.

V

BOBINO. — LE CAFÉ DU THÉATRE

En ce temps-là, — vers 1865, — quelques
poètes chevelus avaient pris l'habitude de se
promener, à la mode péripatéticienne, par les
belles soirées d'été, dans les allées du Luxembourg. Ils y causaient entre eux d'art et de littérature, se disaient à demi-voix leurs vers les plus
récents et assistaient à l'éclosion des premières
étoiles, tandis qu'au loin, dans la profondeur des
quinconces, éclatait le mélancolique accord des
tambours et des clairons qui sonnaient la retraite. Les jeunes amis restaient le plus tard possible dans le beau jardin, à contempler les astres
et à réciter des odes ou des sonnets, dans le parfum des fleurs exhalé par la nuit. Mais enfin les

soldats du poste du Sénat — c'étaient souvent
des voltigeurs de la garde, dont on ne voyait
dans l'ombre que les guêtres blanches et les
passementeries jaunes — chassaient devant eux
les retardataires en criant : « On va fermer », et
. les rimeurs, sortant du Luxembourg par la porte
de la rue de Fleurus, se réfugiaient autour des
tables du café de Bobino.

Car Bobino, ou, pour parler plus officielle-
ment, le théâtre du Luxembourg, existait encore
à cette époque, et pour quelques-uns d'entre
nous, pour les Parisiens, c'était un souvenir d'enfance. Quant à moi personnellement, j'en avais
fait jadis mes galeries, du temps que ma famille
logeait rue de Madame et que j'étais un externe
fort médiocrement noté du lycée Saint-Louis. Ce
fut dans cet humble établissement, que fréquen-
taient seulement quelques étudiants et les petits
bourgeois du quartier, que je m'initiai aux beau-
tés de l'ancien mélodrame en trois actes, depuis
longtemps abandonné par les autres scènes, mais
auquel Bobino était resté fidèle, et du drame-
vaudeville, genre également aboli, bien qu'un
peu moins antédiluvien. Heureux âge de naïveté
littéraire où je me régalais de la prose des Du-
cange et des Caignez, où je goûtais les couplets
des frères Cogniard !...

Mes parents quittèrent le quartier, et je n'eus

plus de rapports avec Bobino que plusieurs années après, quand je devins un habitué du café
du théâtre, un membre du petit cénacle de
poètes qui achevaient là leurs soirées d'été. Bobino avait changé comme moi. Maintenant on y
jouait des revues, dues à la plume féconde de feu
Saint-Agnan Choler, où des petites femmes
montraient leurs jambes et chantaient des ron-
deaux au verjus. J'avais perdu, en matière de
spectacles, mon innocence d'autrefois. L'ancien
collégien en souliers à cordons et en pantalons
trop courts était devenu un jeune romantique
de la dernière heure, qui portait des gilets de
velours noir boutonnés jusqu'au menton et laissait tomber sur son collet une chevelure suffisamment mérovingienne. Vous comprenez bien
qu'un gaillard qui savait par cœur tout Baudelaire et tout Théophile Gautier et qui grossissait
dans l'ombre le manuscrit de son premier volume de vers se souciait assez peu des couplets
de facture de *Gare l'Eau!* ou de *Cocher, à Bobino!*
pièces qui furent néanmoins plusieurs fois cente-
naires. Il en est un, pourtant, un couplet de *Gare
l'Eau!* qui s'est gravé dans ma mémoire en caractères ineffaçables et qui avait un tel succès que
tous les spectateurs le fredonnaient, en venant
se rafraîchir dans les entr'actes, près de la table
des poètes.

Voici ce couplet dans son intégralité :

> Il a tant plu
> Qu'on ne sait plus
> Dans quel mois il a le plus plu.
> C'est superflu ;
> Mais, au surplus,
> S'il eût moins plu,
> Ça m'eût plus plu.

Ce refrain fantaisiste, qui satisfaisait mon impérieux besoin de rimes riches et de belles assonances, n'était-il pas fait pour me séduire ?

Le pauvre Bobino a disparu ! Disparu aussi le café du théâtre où, par les nuits de juin fourmillantes d'étoiles, j'ai vécu de si douces heures avec mes amis, alors pleins de rêves et d'illusions comme moi !

> Le vieux Paris n'est plus ; la forme d'une ville
> Change plus vite, hélas ! que le cœur d'un mortel !

Qu'il me soit permis, du moins, de donner un souvenir ému à ce coin de Paris où la flânerie me mène encore bien souvent, et que je ne revois jamais sans qu'il me monte au cerveau un cordial effluve de jeunesse.

*\
* *

Une fois la grille du Luxembourg fermée, ce bout de la rue de Fleurus devenait une sorte d'impasse très silencieuse, car elle ne menait plus nulle part et il n'y passait point de voitures, et très gaie, grâce à deux cafés lumineux, avec leurs tables en plein vent, sous des arbres grêles. Deux poètes, tendrement unis par une amitié d'enfance, Albert Mérat et Léon Valade, avaient adopté les premiers cet endroit intime, où le moindre vent qui soufflait apportait la fraîche odeur du jardin nocturne. Attirés par eux, beaucoup d'autres y vinrent, tous plus ou moins poètes, littérateurs, artistes. Ils s'y livraient à de longues causeries, seulement interrompues par la sortie du public de Bobino pendant les entr'actes, ou quelquefois par la collecte d'un guitariste bohème, avec de longs cheveux gris sous un vieux feutre, qui faisait le tour des groupes de consommateurs, en agitant trois ou quatre sous dans un gobelet d'étain.

C'est là que j'ai vu pour la première fois celui qui n'était alors que l'auteur des *Amoureuses*, Alphonse Daudet, avec son joli et fin profil de

hèvre sous sa chevelure embroussaillée; et Paul
rène, et Jean Aicard, — car la conquête de Pa-
s par les gens du Midi commençait déjà. An-
ré Gill y parut aussi dans son auréole de cari-
aturiste politique, André Gill, beau blond à
moustache conquérante, qui ressemblait alors
u portrait de Van Dyck par lui-même, qui est
u Louvre. Célèbre déjà, Gill avait une vanité
leine de bonhomie, dont il riait tout le pre-
ier. Un jour, il me raconta qu'il était allé voir,
our je ne sais plus quelle affaire, Timothée
rimm, alors dans toute sa gloire populaire,
vec qui il espérait traiter de puissance à puis-
nce.

André Gill arrive et frappe à la porte.

« Qui est là? demande une voix impatientée.

— André Gill.

— Connais pas.

— *Vous êtes le seul!* » répond le dessinateur
ns se troubler; et il part pour ne plus revenir.

Hélas! beaucoup sont morts de tous ces
yeux camarades connus par moi au café de
obino! Charles Bataille, sourd et exalté, qui
ait publié des vers et des romans, qui avait fait
présenter plusieurs pièces et que nous considé-
ons comme un grand homme; Glatigny, le co-
édien-rimeur, sorte de Gringoire moderne
tu de l'habit bleu à boutons de métal avec

lequel il avait joué en province le rôle du père dans *Héloïse Paranquet,* et qui venait nous réciter quelques strophes avant de partir pour une nouvelle tournée; et ce pauvre Jean du Boys, mort fou, du Boys qui, manquant de feu en hiver, allait écrire sa « copie » dans un fauteuil d'orchestre de l'Odéon, les jours de spectacle classique, pour avoir chaud et être tranquille! Et d'autres encore, qui n'ont pas même eu le temps de faire un peu de bruit autour de leur nom.

Les frères Cros — les Cros, comme nous disions — comptaient parmi les plus fidèles habitués. Il y avait d'abord le docteur Antoine Cros, médecin et poète, qui persécutait tout le monde avec le plessimètre de Piorry, et le statuaire Henri Cros, l'auteur des belles cires polychromes.

« Antoine ausculte et Henri sculpte, » disait un triolet de Valade.

Et il y avait aussi leur frère, Charles Cros, qui inventa depuis lors le « Monologue », mais que nous ne connaissions dans ce temps-là que pour un fin poète et un savant excentrique, cherchant un procédé de fabrication du diamant, comme le Van Claës de Balzac, et un moyen de communication interastrale.

Avec les Cros venait l'étrange Cabaner,

pauvre diable plein de fierté et de conviction,
qui parfois nous entraînait tous dans quelque
atelier de peintre du voisinage et s'installait devant une vieille épinette pour nous jouer sa fameuse composition : le *Pâté*. Les paroles et la
musique, dont il était l'auteur, devaient exprimer
la satisfaction grave et recueillie d'un homme
très gourmand qui vient de manger un bon pâté,
et je me rappelle encore les deux premiers couplets :

> Ah! décidément, ce pâté
> Est délicieux. De ma vie
> Je n'en ai, je le certifie,
> Mangé qui fût mieux apprêté.
>   Allez faire
>   A la patissière
> Mon sincère compliment.
>   Excellent! Excellent!

> Le dernier que l'on m'apporta
> Était aussi très bon, sans doute ;
>   Très bon ! et surtout la croûte ;
>   Mais j'aime mieux celui-là.
>   Allez faire
>   A la pâtissière
> Mon sincère compliment.
>   Excellent! Excellent!

Sur ces vers d'une folle platitude, Cabaner
avait composé un air à porter le diable en terre,
une mélodie plus solennelle qu'une fugue de
Bach; et il la chantait avec une gravité d'aliéné

dont le comique était irrésistible. J'ignore ce qu'est devenu cet être falot, qui tint longtemps le piano dans un minuscule café-concert de l'avenue de La Motte-Picquet; mais ses haillons portés avec décence, son terrible accent montalbanais et son visage de Christ conservé dans l'esprit-de-vin ne sortiront jamais de mon esprit, et je ne crois pas qu'une créature aussi fantastique soit jamais sortie du cerveau d'Hoffmann, d'Edgar Poë ou d'Achim d'Arnim.

Des gens mieux équilibrés que l'auteur du *Pâté* s'asseyaient, d'ailleurs, sur les banquettes de velours fané du café de Bobino. Sans parler des politiciens de l'avenir, j'ai vu défiler, dans ce coin perdu de la rive gauche, un bon nombre des célébrités d'aujourd'hui, et j'y ai formé de précieuses et sûres amitiés.

VI

CATULLE MENDÈS ET LE PARNASSE

Le souvenir me transporte dans le petit rez-de-chaussée de la rue de Douai, où demeurait Catulle Mendès, vers 1865.

Un appartement de garçon. Deux pièces : la chambre à coucher et le salon, transformé en cabinet de travail. C'est à peu près meublé ; il y a, aux murailles, le « Bon Samaritain », *très estrange* eau-forte de Bresdin, et quelques bizarres aquarelles de Constantin Ghuys. Sur les rayons dégarnis de la bibliothèque, épars, mêlés à un Hugo et à un Balzac dépareillés, courant l'un après l'autre, des livres de vers de 1830 et d'hier, le volume d'un ami à côté d'un « roman-

tique » presque introuvable, l'*Avril, Mai, Juin,*
de Valade et Mérat, tout près du rarissime *Gaspard de la Nuit,* d'Aloysius Bertrand, ce père,
cet inventeur du poème en prose. Il viendra du
monde, ce soir. On a allumé la lampe — il y a
toujours une lampe chez le plus pauvre poète
— et toutes les bougies qu'on a pu ; et Covielle,
le petit domestique, vient même de disposer ce
qu'il faut pour le thé.

Covielle, c'est un voyou du boulevard des
Batignolles qui, à quatorze ans, a déjà fait le
tour du monde en qualité de mousse et qui, tout
récemment, servait de pitre au marchand de
poil à gratter de la place Clichy. Son vrai nom ?
On le sait peut-être aux Enfants-Trouvés et aux
Jeunes-Détenus. Mais Catulle Mendès a un jour
recueilli ce gavroche par charité, en a fait son
groom et l'a baptisé Covielle, en souvenir des
farces de Molière. Demain, profitant d'une absence de son maître, il s'enfuira, après avoir
vendu la pendule et mis les deux matelas au
Mont-de-Piété ; mais, aujourd'hui encore, il est
fidèle ; il essuie les tasses, fait chauffer l'eau et
coupe en tranches égales le baba ; car on attend
des poètes, des camarades.

Les voici. Ils arrivent l'un après l'autre ; aux
patères de l'antichambre ils suspendent chapeaux et mac-ferlanes (nous sommes en 1865 !),

et chaque nouveau venu serre la main du maître
de la maison et d'une belle personne en robe
rouge, qui fume des cigarettes, étendue sur le
canapé.

Livrons-nous ici à un dénombrement homé-
rique.

Voici Léon Cladel, qui va bientôt publier le
Bouscassiè, un parfait chef-d'œuvre, Léon Cladel,
très hirsute, tout en barbe et en cheveux, avec
un faux air de Christ du Midi. Voici le pauvre
Albert Glatigny, mal rasé comme un comédien
en vacances, maigre jusqu'à la transparence et
grand jusqu'à l'infirmité. Voici le singulier, le
compliqué, l'exquis Stéphane Mallarmé, petit,
au geste calme et sacerdotal, abaissant ses cils
de velours sur ses yeux de chèvre amoureuse et
rêvant à de la poésie qui serait de la musique, à
des vers qui donneraient la sensation d'une
symphonie. Voici José-Maria de Heredia, un
beau créole de la Havane, très brun, tête rase
et barbe frisée, le premier ciseleur de sonnets
de ce temps-ci, qui compte parmi ses ancêtres
un Grand Inquisiteur et l'un des intrépides
compagnons de Cortez, le « Conquistador ».
Voici Léon Dierx, grave et pâle visage, Léon
Dierx, le poète injustement obscur qui a écrit
quelques-uns des plus beaux vers que je con-
naisse, Léon Dierx, qui se survivra dans les an-

thologies et dont la renommée aura en durée ce qu'elle n'a pas eu en éclat. En voici bien d'autres encore : Ernest d'Hervilly, Léon Valade, Albert Mérat, Gabriel Marc, Jean Marras, — sans oublier un maigre jeune homme aux longs cheveux, qui ressemblait alors, disait-on, au Bonaparte d'Arcole et des Pyramides.

Comme ils sont lointains, ces souvenirs! La scène se passe en 1865, avant le premier *Parnasse Contemporain,* dans la période embryonnaire, préhistorique, antédiluvienne, de ce cénacle réuni chez Mendès, dont je suis sorti avec tant d'autres noircisseurs de papier!...

Soudain, dans l'assemblée des poètes, un cri joyeux est poussé par tous :

— Villiers! C'est Villiers!...

Et tout à coup un jeune homme aux yeux bleu pâle, aux jambes vacillantes, mâchonnant une cigarette, rejetant d'un geste de tête sa chevelure en désordre et tortillant sa petite moustache blonde, entre d'un air égaré, distribue des poignées de main distraites, voit le piano ouvert, s'y assied et, crispant ses doigts sur le clavier, chante, d'une voix qui tremble mais dont aucun de nous n'oubliera jamais l'accent magique et profond, une mélodie qu'il vient d'improviser dans la rue, une vague et mystérieuse mélopée qui accompagne, en en

doublant l'impression troublante, le beau sonnet de Charles Baudelaire :

> Nous aurons des lits pleins d'odeurs légères,
> Des divans profonds comme des tombeaux, etc.

Puis, quand tout le monde est sous le charme,
le chanteur, bredouillant les dernières notes de
sa mélodie ou s'interrompant brusquement, se
lève, s'éloigne du piano, va comme pour se
cacher dans un coin de la chambre, et, roulant
une autre cigarette, jette sur l'auditoire stupéfait un regard méfiant et circulaire, un regard
d'Hamlet aux pieds d'Ophélie, pendant la représentation du *Meurtre de Gonzague*.

Tel m'apparut dans les amicales réunions de
la rue de Douai, chez Catulle Mendès, le comte
Auguste Villiers de l'Isle-Adam. A tous les
amis de notre petit groupe il donnait alors le
sentiment d'une grande intelligence mal équili-
brée, d'une sorte de génie inégal et incomplet.
Sa vie, qu'il aimait à cacher, nous était inconnue
à presque tous. On savait seulement qu'il passait une partie de l'année en Bretagne, chez de
vieux parents, dans un manoir seigneurial. Il
avait fait, croyons-nous encore, une ou deux
retraites dans un couvent. Il passait aussi pour
avoir combattu dans les rangs des zouaves pon-
tificaux. Mais de sa personne ni de son genre

d'existence il ne parlait jamais, paraissant vivre dans un songe et n'en sortant que pour nous lire quelques pages de singulière et magnifique prose, plus rarement des vers, ou pour nous faire jouir de son rare talent de musicien.

*
* *

C'est aussi chez Mendès que je vis, un soir, arriver Glatigny. Son aspect était fait pour étonner. D'une maigreur et d'une agilité de sauterelle, il portait, tout en haut de son long corps et de son long cou, une petite tête glabre de comédien, rasée, usée, creusée, d'où pointaient deux oreilles de faune et dans laquelle sa grande bouche s'ouvrait en un rire spirituel et libertin. Il était vêtu d'un pantalon de nankin beaucoup trop court et d'un chétif habit bleu barbeau à boutons de métal, costume avec lequel il venait de jouer, nous dit-il, le rôle du vieux colonel-gentilhomme dans *Héloïse Paranquet*, au théâtre du Parc, à Bruxelles.

Il causa, et, dans sa folle causerie, on devinait sa vie errante et famélique de cabotin, parfois aimé de la soubrette et de la deuxième amoureuse, mais souvent, hélas! n'ayant pour souper que les biscuits à la cuillère contenus dans le pâté de carton du deuxième acte et arrosés de cette limonade gazeuse dont le bouchon, sautant avec bruit, donne au public l'illusion d'une orgie au vin de Champagne. Puis, sur la prière du maître de la maison, il déclama des vers. La plupart — il faut bien l'avouer — étaient plus que légers, et, s'ils ont été imprimés, on ne peut les retrouver que dans l' « enfer » des bibliothèques. Mais tous, les graves comme les badins, étaient admirables de verve, de couleur et d'emportement lyrique.

Bien que cet étrange personnage fût d'un abord facile, je ne me permis pas de lui adresser la parole dès la première rencontre. Dans ce temps-là, un poète, connu pour tel et ayant son nom imprimé dans les feuilles, me faisait bien trop d'effet. Je me contentai donc de regarder Glatigny de loin, avec respect, comme une alpe. Mais, plus tard, lorsque, moi aussi, je fus atteint et convaincu, dans le cénacle, d'avoir mis du noir sur du blanc et aligné un grand nombre de lignes inégales avec une rime riche au bout, je me familiarisai avec Glatigny.

C'était, en vérité, le meilleur garçon du monde. Effronté, même un peu cynique, mais comme les enfants et avec leur innocence, il avait le cœur le plus brave et le plus généreux.

5.

Reconnaissant jusqu'aux larmes du morceau de pain qu'il recevait d'un ami moins pauvre que lui, il allait bien vite le partager avec un plus pauvre. Il avait l'amitié héroïque. Une fois, il se battit en duel avec un journaliste pour un outrage fait à un poète, son maître et son ami. Avec un magnifique appétit de bien vivre et d'aimer, il jeûnait presque toujours. Mais jamais une aigreur, jamais un moment de révolte et d'envie. Un de ses biographes l'a comparé à Panurge. Ce n'est pas juste. Il avait de Panurge la sensualité naïve; mais Panurge n'est ni honnête ni courageux; et nul ne le fut plus que ce bon enfant, qui n'était pourtant point un enfant gâté de la destinée.

On a souvent raconté sa vie, dont un nouveau Gautier pourrait faire un autre *Capitaine Fracasse*.

Fils d'un brave gendarme qui portait le jaune baudrier dans un village du Calvados, Albert Glatigny avait un jour découvert un vieux Ronsard mangé des rats dans le grenier familial et s'était affolé de poésie et de rimes en lisant les œuvres du gentilhomme vendômois. Puis, comme il cachait ses premières strophes dans un pupitre de clerc d'huissier, à Pont-Audemer, une troupe de comédiens vint à passer, et il partit avec eux, espérant jouer un jour les Frédérick

Lemaître, mais d'abord en qualité de souffleur. Il obtint cependant quelques rôles, des rôles n'ayant guère plus d'importance que celui du lion dans le *Songe d'une Nuit d'Été*. Il trouva moyen d'y être mauvais et sifflé. N'importe, il aimait si follement le théâtre, ce bohémien, qu'il y resta et y dîna plus d'une fois peut-être des pommes cuites qu'on lui jetait. Mais, dans sa boîte de souffleur, il lisait, il travaillait, il apprenait le latin. A Alençon, il connut Poulet-Malassis, qui allait devenir le premier éditeur des poètes, le Jean-Baptiste d'Alphonse Lemerre. Malassis expédia Glatigny à Paris, l'adressa à Théodore de Banville, qui fut pour lui, comme pour tant d'autres, excellent et paternel; et, en 1860, — il avait dix-huit ans, — Glatigny publiait son premier livre de vers : les *Vignes folles*.

Lisez ce volume; vous serez stupéfait du continuel jaillissement des beaux vers, de la poussée, de l'abondance lyrique qu'on y trouve.

Ce mauvais comédien, qui était un si bon poète, essaya de se caser dans les théâtres parisiens. Il demandait une bien modeste, une toute petite place. Il joua, aux Bouffes-Parisiens, dans les *Deux Aveugles,* le rôle du monsieur qui passe et donne un sou. L'avait-il toujours dans son gousset? Quand Rouvière, s'installant dans le

Théâtre-Lyrique, déjà marqué par la pioche des démolisseurs, y monta l'*Othello* d'Alfred de Vigny, Glatigny représenta un sénateur qui n'avait à dire qu'un vers et un hémistiche. Il gagnait ainsi quarante sous, trois francs par soirée, dans l'emploi des « utilités ». C'était vraiment trop peu ; il fallut retourner aux sifflets de province, dont le consolait la Frosine ou la Dorimène de la troupe. Et au milieu de toute cette misère, dans cette existence vagabonde, il était joyeux, il chantait, il s'enivrait de la nature et du voyage, il écrivait de nouveaux poèmes, égaux et supérieurs aux premiers, et ce pauvre cabotin, qu'on revoyait chaque été, après une campagne toujours malheureuse, errer autour des tables de la « terrasse » devant le café de Suède, presque en haillons, sans un liard en poche, rapportait à Paris le manuscrit du *Bois*, une exquise idylle, ou des *Flèches d'Or*, son second et son meilleur recueil de vers.

Glatigny avait aussi une faculté étonnante d'improvisation. Bien souvent, dans nos réunions de camarades, il s'asseyait devant une table, la plume à la main. Nous lui jetions, l'un après l'autre, les quatorze rimes d'un sonnet, et, tout de suite, sans recueillement préalable, dans le seul temps indispensable pour écrire au courant de la plume, il composait, *sur un sujet im-*

posé, des vers où il y avait, sinon du mérite, du moins de l'esprit et de l'agrément.

Un jour, à bout de ressources, le pauvre diable songea à tirer parti de ce talent de société, et ce qu'il n'avait encore fait que pour amuser ses amis, il le fit en public, sur la scène de l'Alcazar.

La première fois qu'il y parut, j'étais là, venu pour le soutenir de mes applaudissements, mais, on le comprendra, avec un sentiment pénible dans le cœur. Glatigny, je dois le dire, fut extraordinaire. Il se présenta décemment, parla aux spectateurs avec une parfaite convenance et improvisa avec plus d'ingéniosité et de bonheur que jamais. Les rimes ailées semblaient voler vers lui et lui obéir comme à un charmeur d'oiseaux. Le public fut enchanté, les séances d'improvisation de Glatigny furent très suivies, et, un instant, il connut presque l'aisance.

Mais cette vogue dura peu, et Glatigny dut repartir pour ses caravanes dramatiques et remonter sur le chariot de Thespis, transformé de nos jours en wagon de troisième classe. C'est dans une de ces courses que, se trouvant par grand hasard sur une route de la Corse, il rencontra un brigadier de gendarmerie imbécile qui crut reconnaître l'introuvable assassin Jud dans ce voyageur mal vêtu et sans papiers, et le retint sans pitié au cachot pendant plusieurs jours, en compagnie de sa chère petite chienne Cosette, la seule compagne fidèle que le poète avait eue jusqu'alors.

Le tragique de l'aventure, c'est que cette arrestation odieuse acheva de ruiner la santé du malheureux Glatigny, épuisé de fatigues et de privations. Blessé à mort, il revint au gîte, au pays natal, où il retrouva, avec une trompeuse amélioration de son état, une jeune fille charmante, mais, hélas! malade comme lui, qui fut émue de son infortune, l'aima, l'épousa, le soigna jusqu'au dernier jour avec le plus admirable dévouement et le suivit de près dans la tombe.

Cette vie, éparpillée d'abord à tous les vents de la folie, eut une fin touchante et digne : ce roman comique s'acheva en pure élégie.

Les poésies de Glatigny n'eurent point, de son vivant, le succès qu'elles méritaient; elles sont, depuis sa mort, trop oubliées. Tous ses vers ne sont point dignes de lui survivre; mais beaucoup lui ont été dictés par l'inspiration la plus libre et la plus personnelle. On devra toujours citer le nom et quelques-unes des œuvres de Glatigny quand on parlera de la poésie contemporaine. Quant à moi, je suis heureux de donner ici un souvenir attendri à mon pauvre camarade.

VII

LE PASSANT

En 1866, j'étais le plus obscur des accou-
leurs de rimes. Le titre de mon premier recueil
de vers, le *Reliquaire,* avait été cité par Théophile Gautier dans son rapport sur la poésie
française, et, après avoir lu la mince plaquette,
Intimités, Sainte-Beuve m'avait adressé une lettre
flatteuse qu'on a publiée après sa mort, dans un
volume de correspondance. Mes premiers vers
n'étaient donc connus que d'un groupe de
poètes et d'un petit nombre d'amis de la poésie.
Ces faibles encouragements suffisaient, d'ailleurs, pour me pousser à la persévérance. J'étais
sans ambition aucune, j'ignorais le vain désir de

la gloire et je faisais des vers seulement pour le plaisir.

J'écrivis, entre divers poèmes, un court récit, — aujourd'hui assez, et peut-être trop connu, — la *Bénédiction*.

« Il faut publier cela, tout de suite, » me dit Catulle Mendès, l'enthousiaste et excellent Mendès, à qui j'apportai mon travail, tout chaud, tout bouillant.

Publier? Je ne demandais pas autre chose. Mais où? A cette époque, il y avait fort peu de revues, de journaux littéraires; et, presque partout, les manuscrits à lignes de longueur inégale étaient repoussés avec horreur.

Mais Mendès n'hésita pas :

« Il faut publier votre récit dans l'*Artiste*... Arsène Houssaye vous le prendra sans hésiter. »

J'allai donc voir Houssaye, que je connaissais à peine, mais qui avait lu quelques-uns de mes vers; car, toute sa vie, il aima passionnément les poètes et la poésie. Beau comme un doge et traînant sa longue robe rouge sur le parquet de sa magnifique galerie de tableaux, il me reçut avec une grâce exquise, accepta mon poème sans le lire, me promit de le faire paraître dans le plus prochain numéro de l'*Artiste* et m'invita à la redoute qu'il devait donner peu de jours après. Entre parenthèses, je me rappelle avoir assisté à cette fête admirable, avoir circulé dans ce décor digne de Véronèse, avec un habit noir emprunté à un camarade et qui me gênait joliment sous les aisselles; et — voyez-vous le fat? — je me rappelle encore que, malgré ce vêtement étriqué, je fus l'objet d'agaceries d'un certain domino rose, à qui — n'ayant pas dans ma poche de quoi payer un souper — je ne pus offrir, à mon grand regret, qu'un très insuffisant marivaudage... Mais Arsène Houssaye me tint parole et publia ma *Bénédiction*.

Mince service, pensez-vous? Non pas. Tout à coup, j'appris — par Théodore de Banville, si j'ai bonne mémoire — que le bon diseur de vers, Anatole Lionnet, faisait applaudir, dans tous les concerts, ma *Bénédiction* et la pièce des *Intimités* qui se termine ainsi :

Mignonne, nous ferons l'aumône, cet hiver.

Puis la tragédienne Agar, alors dans toute la splendeur de son talent et de sa beauté, lut, par hasard, dans l'*Artiste*, la *Bénédiction* et résolut de la déclamer dans un concert. Elle m'en fit avertir par un de ses amis, Ernest Lépine, qui, sous son nom et sous le pseudonyme de Quatrelles, a écrit d'aimables ouvrages.

*
* *

Ayant applaudi — dans la salle Pleyel, si je ne me trompe — la superbe artiste, qui sut donner toute l'ampleur d'un drame au sanglant épisode que j'avais ajouté aux horreurs de la prise de Saragosse, j'allais, tout naturellement, peu de jours après, remercier mon interprète, dans sa loge, à l'Odéon. Drapée dans le péplum et chaussée du cothurne, — car elle incarnait, ce soir-là, la Camille de Corneille, — elle accueillit avec une exquise bonté le jeune homme très intimidé qui pénétrait pour la première fois dans les coulisses. Elle m'invita à revenir. Je revins.

« Aux termes de mon engagement, me dit-elle au cours d'une de mes visites, une représentation sera donnée, l'hiver prochain, à mon bénéfice, et j'en arrêterai moi-même le programme... Faites-moi donc, pour cette circonstance, une brève saynète, un dialogue à deux personnages, quelque chose de court et de facile à monter... »

Jusque-là, je n'avais jamais songé à écrire

pour le théâtre. Poète désintéressé, je rêvais
tout au plus de laisser, après moi, une ou deux
fleurs poétiques dons l'herbier des florilèges.
Mais ce que me demandait Agar n'était pas un
ouvrage dramatique; c'était seulement un duo
en vers, un poème à deux voix. De cela je ne
me crus pas incapable. Me rappelant le délicieux
Chanteur Florentin, de Paul Dubois, que j'avais
admiré au Salon dans la fraîcheur du plâtre,
j'eus le caprice d'imaginer la chanson d'amour
et de jeunesse qu'il accompagne sur sa guitare
au long manche, et, en quelques jours, je fis le
Passant.

Ce furent de belles heures. J'habitais alors,
avec ma vieille mère et ma sœur aînée, un très
modeste logis, à Montmartre, au fond du pas-
age de l'Elysée-des-Beaux-Arts. Là, quand j'ou-
vrais la fenêtre de ma très étroite chambrette,
je me trouvais, pour ainsi dire, dans l'intérieur
d'un grand arbre, d'un beau tilleul, et, dans ses
branches, au printemps, après le coucher du soleil, des centaines de moineaux y faisaient,
comme disent les bonnes gens, leur « prière du
soir », c'est-à-dire le ramage extraordinaire que
j'ai noté dans ce vers :

Bruit pareil à celui d'une immense friture.

On m'a beaucoup reproché cette compa-

raison réaliste; elle a, cependant, le mérite d'être
exacte.

J'avais, alors, peu de temps à moi, car, pour
gagner le pain quotidien, je passais une grande
partie de la journée au ministère de la Guerre,
où j'occupais un petit emploi. Mais, vers cinq
heures, j'étais de retour à la maison, et ce furent
peut-être les plus doux instants de ma vie, ces
soirs de septembre où j'écrivis le *Passant,* près
de ma fenêtre ouverte, devant ce feuillage déjà
rouillé où les oiseaux ne chantaient plus, mais
que leur vol faisait frémir, et au travers duquel
je voyais le ciel d'or d'un couchant d'automne.

Lorsque Agar eut entendu la lecture de mon
manuscrit, elle fut enthousiasmée.

« Je jouerai donc Silvia, s'écria-t-elle, et il y
a justement, à l'Odéon, une de mes jeunes camarades, Sarah Bernhardt, qui est charmante et qui
me semble tout exprès mise au monde pour re-
présenter Zanetto.

Puis du temps passa, le « bénéfice » d'Agar
ne devant avoir lieu qu'à la fin de l'hiver, et je
ne songeai plus guère au *Passant.* Dans tous les
cas, je ne fondais sur lui que de médiocres espé-

rances. Tant d'autres avaient fait jouer, avec honneur, un acte en vers, à l'Odéon, sans que le succès eût de nombreux lendemains, qu'il me semblait, en les imitant, observer un usage, une sorte de rite, et rien de plus. Mon petit ouvrage m'avait donné une grande joie, celle de le produire, ou, pour mieux dire, de l'improviser. Quant au résultat de sa manifestation devant le public, je l'attendais sans illusions et sans impatience.

Cependant, quand Agar annonça aux deux directeurs associés qui administraient alors l'Odéon, MM. Chilly et Duquesnel, qu'elle jouerait, le soir de son « bénéfice », l'œuvre d'un jeune poète, ils eurent le désir de la connaître, et elle leur communiqua le manuscrit. L'un et l'autre furent tout de suite conquis, aussi bien Chilly, ancien « traître » de l'Ambigu et vieux routier de théâtre, que Duquesnel, esprit cultivé et d'un goût délicat et sûr.

« Il ne faut pas, dit Chilly à la tragédienne, jouer cela dans ce « bénéfice », où la presse ne sera pas conviée, mais bien comme on joue les autres pièces, devant les journalistes et le public des « premières ».

L'excellente Agar se garda bien de les contredire, et, vers la fin de décembre, on mit la pièce à l'étude. Le croira-t-on? Je n'ai assisté qu'aux dernières répétitions, non par indifférence, mais parce que tout le monde, les deux comédiennes et les deux directeurs, m'avaient dit : « Laissez-nous faire... Vous n'y entendez rien... », ce qui était la vérité.

Mais j'étais présent, cela va sans dire, à la répétition générale, avec décors, costumes et musique, et, là, je fus enchanté. Par un concours d'heureuses circonstances, comme on en rencontre rarement, mon petit ouvrage allait être présenté au public dans les conditions les plus favorables. D'un drame, joué récemment et qui n'avait pas réussi, il restait un charmant et poétique décor dont le paysage et les parties d'architecture, inondés par la lueur bleue du clair de lune, étaient comme baignés dans une atmosphère de rêve.

Pour la sérénade,

Mignonne, voici l'avril,

le chef d'orchestre Ancessy avait composé une mélodie qui — sans valoir le petit chef-d'œuvre inspiré un peu plus tard au maître Massenet — était fort agréable ; et comme, en ce temps, il y avait encore, dans tous les théâtres, un groupe d'instruments de bois et de cordes qui jouait pendant les entr'actes, le directeur Chilly, se souvenant des *tremolo* de l'Ambigu, avait eu la bonne idée de faire accompagner mes vers, çà et là, par un discret mélodrame, dont le vieil Ancessy avait choisi les airs, avec beaucoup de tact, dans la gracieuse partition de *Giselle*.

La mise en scène était donc excellente. Mais que dire des deux interprètes? Que dire d'Agar, si majestueusement belle dans sa robe de satin blanc à longue traîne et dressant, sur sa chevelure ténébreuse, le « front stupide et fier » que Musset donne à la courtisane Belcolor? Que dire de Sarah, alors si mince, si svelte, — avec sa gloire allaient commencer alors les plaisanteries hyperboliques sur sa maigreur de jadis, — de Sarah, dépourvue, par bonheur, des hanches et des cuisses qui rendent si invraisemblables et même si choquants les rôles de travestis, de Sarah, dont toute la personne avait la souplesse, la légèreté, la grâce de l'éphèbe? Et quel admirable talent chez l'une comme chez l'autre! Quelle noblesse d'attitudes et de gestes, quelle émotion profonde chez ma Silvia! Quel enivrement, quelle joie, quelle folie de jeunesse chez mon Zanetto! Toutes deux disaient les vers à merveille, et l'on jouissait, avec un plaisir infini, du contraste de ces deux harmonieux organes, de la voix enchanteresse, de la « voix d'or » de Sarah, alternant avec le pathétique contralto d'Agar. Un mot s'impose

pour qualifier la première interprétation du
Passant. C'était la perfection même.

*
* *

Je sortis de cette répétition — on le devine
— absolument satisfait, je dis mal, tout à fait
ravi, mais sans éprouver le pressentiment, je
l'avoue, que la soirée du lendemain aurait une
influence décisive sur toute ma vie. Là-haut, à
Montmartre, dans l'humble logement de la
famille, on était, certes, bien content que j'eusse
écrit un acte en vers et qu'il fût joué, mais on
ne faisait pas non plus, à propos de ce mince
événement, de rêves ambitieux. Cependant, le
soir de la « première », ma vieille maman et ma
sœur ayant, pour la circonstance, fait un peu de
toilette, — oh! elles ne pouvaient pas en faire
beaucoup, — nous nous mîmes en route pour
l'Odéon, très modestement, — en omnibus.

Mais, encore une fois, je le répète, pendant
le voyage, qui fut lent, comme d'habitude, avec
arrêts aux stations, appels des numéros et coups
de timbre du compteur, je ne me doutai nullement que notre véhicule démocratique était,
pour moi, un char triomphal.

On arriva. J'installai, dans une baignoire, ma mère et ma sœur, qu'accompagnait un vieil ami, et je montai sur le théâtre.

On jouait, à ce moment, comme lever de rideau, un autre acte en vers dont j'ai oublié le titre et dont l'auteur, Jean du Boys, pauvre poète aujourd'hui bien oublié, mais qui avait eu quelques succès, devint fou et mourut peu de temps après. En traversant la scène, derrière le décor, pour monter dans les loges et saluer mes deux actrices, j'entendis des applaudissements, assez faibles, il est vrai, et mon oreille sans expérience ne sut pas reconnaître en eux l'effort impuissant de la claque. O naïveté du jeune âge! Je souhaitai alors, pour le *Passant,* un succès pareil à celui du malheureux lever de rideau qui venait de tomber à plat.

C'était mon tour, à présent. On installa le décor, on alluma le « clair de lune », et les toiles peintes, vues de près, me parurent fort laides. Mes deux interprètes arrivèrent, moins belles et moins aimables qu'ordinairement, me sembla-t-il, sous le maquillage toujours un peu brutal et avec ce regard de distraction et de vague inquiétude qu'on retrouve chez tout comédien sur le point d'entrer en scène. Alors, seulement, je sentis le serrement de cœur, la si douloureuse angoisse des « premières ». Mais

6

on frappa les trois coups et je me réfugiai classiquement dans la coulisse de gauche, c'est-à-dire « côté jardin », — en compagnie du pompier.

La toile se leva, avec son sifflement faible et prolongé, et, dans un silence effrayant, la belle voix d'Agar lança le premier vers :

Que l'amour soit maudit! je ne puis plus pleurer.

Oh! l'atroce minute! Je tremblais, maintenant, d'émotion nerveuse et de peur. Mais, dès le milieu du monologue de Silvia, les premiers applaudissements se firent entendre, et, lorsque Zanetto fut en scène, ils redoublèrent, puis furent accompagnés d'explosions de bravos et atteignirent un surprenant degré d'intensité. A la fin de plusieurs groupes de vers, délicieusement dits par Sarah Bernhardt, j'entendis même de nombreuses voix crier *bis*.

Le cliché, *tonnerre d'applaudissements,* n'est pas tout à fait exact. Ce bruit ressemble moins au grondement qui suit un coup de foudre qu'au fracas de la grêle criblant des toitures métalliques. Cette nuance notée, l'impression est pourtant bien celle d'un orage qui crève, et, quand éclata en ma faveur cet orage d'applaudissements et de clameurs, j'éprouvai — ai-je besoin de le dire? — un soulagement délicieux.

Cependant, ce n'était pas encore dans cette coulisse, à côté du pompier parfaitement calme, que je pouvais mesurer la portée du succès. Dans la salle seulement j'aurais pu m'en rendre compte. Oui, cette fameuse « première » du *Passant,* qui devait me rendre célèbre en moins d'une heure et décider de ma carrière littéraire, je n'y ai, pour ainsi dire, pas assisté, ou, du moins, je n'en ai qu'assez mal entendu le glorieux écho entre deux châssis du « côté jardin » et auprès d'un pompier impassible. C'est un des plus vifs regrets de ma vie.

*
* *

N'exagérons rien. Le tumulte d'ovation qui salua mon nom jeté par Sarah au public, les trois ou quatre rappels auxquels durent répondre mes deux interprètes, la joie avec laquelle, en me donnant l'accolade d'usage, elles m'étreignirent de leurs bras parfumés, la chaleureuse poignée de main des directeurs, furent, pour moi, des preuves immédiates et manifestes que mon poème dialogué avait pleinement réussi; et lorsque, dans le foyer des artistes, je fus entouré et félicité par une foule de beaux messieurs et de belles dames connus de tout Paris et que seul, pauvre petit solitaire, je ne connaissais pas, je me doutais bien que le sort du *Passant* était autre que celui de l'acte en vers « rituel », si j'ose dire, que tant de jeunes accoupleurs de rimes avaient fait jouer à l'Odéon.

Mais, le lendemain matin seulement, — telle est la vérité, — je compris, en lisant les journaux et leurs articles, presque tous enthousiastes, de quel coup de fortune je venais d'être favorisé. Puis, dans les deux ou trois jours qui suivirent, je reçus, dans mon humble chambre, des visites extraordinaires. Camille Doucet, qui devint pour moi, par la suite, le plus paternel et le plus dévoué des amis, Camille Doucet, alors directeur général des théâtres, vint m'annoncer que ma pièce serait bientôt représentée aux Tuileries. Théophile Gautier, l'excellent maître, m'apportait une invitation de la princesse Mathilde, avec qui je devais me lier d'une affection qui durera toujours. Enfin, mon cher éditeur, Alphonse Lemerre, — c'était là le bouquet du feu d'artifice, — accourait me dire, avec une joie exubérante, qu'il ne restait plus, dans sa boutique, un seul exemplaire du *Reliquaire* ni des *Intimités,* et que les éditions de ma pièce s'épuisaient avec une folle rapidité.

C'en était fait. A partir de là, je fus « l'auteur du *Passant* », et, pendant longtemps, on n'a guère imprimé mon nom sans le faire suivre de ce titre. Ayant produit beaucoup — trop, peut-être — depuis, en vers et en prose, j'ai été parfois agacé de cette obstination du public à ne se souvenir que de ce court poème. J'avais tort.

Aujourd'hui, sur le déclin de la vie, ayant reconnu que tout est vanité, — la renommée littéraire comme le reste, — je garde, pourtant, un sentiment attendri et mélancolique pour mon cher petit *Passant,* car je lui dois une faveur qui n'est accordée qu'à peu d'élus : du complet bonheur en pleine jeunesse.

Une anecdote à propos du *Passant.*

Comme on le devine, ce premier succès me valut de bien doux et bien précieux témoignages de sympathie; mais aucun ne s'exprima d'une façon plus singulière que celui du fécond et merveilleux conteur, de l'incomparable inventeur dramatique, qui s'appelait Alexandre Dumas père. Je venais de lui être présenté et je contemplais, tout ému, ce colosse bon enfant, dont la large figure bistrée me souriait sous sa chevelure de laine grisonnante. Jeune homme encore bien timide, j'essayais même de lui balbutier un compliment plein de respectueuse admiration, lorsque l'auteur des *Trois Mousquetaires* me prit brusquement par la tête, m'embrassa sur les deux joues et me cria, de sa voix chaude et cordiale :

— Tutoie-moi, homme de talent !

Tutoyer Dumas père ! Prendre une telle familiarité avec un homme âgé, avec un écrivain illustre, avec un maître admiré, cela m'était tout à fait impossible. D'un autre côté, comment refuser d'obéir à cet ordre amical, qu'il me donnait avec une rondeur presque impérieuse ? Heureusement, je ne perdis pas la tête, j'eus une bonne inspiration, et, comme il répétait, avec insistance, son « Tutoie-moi donc, homme de talent ! », je lui sautai au cou, je lui rendis son accolade et je lui répondis, avec émotion :

— Je n'oserai jamais, homme de génie !

Il éclata de rire, et voilà comment j'ai eu le bonheur de faire plaisir à Dumas père sans lui manquer de respect.

VIII

LA PRINCESSE MATHILDE

Peu de jours après la première représentation du *Passant,* je fus présenté par Théophile Gautier à la princesse Mathilde.

Elle jouissait encore, à cette époque lointaine, — mais pour bien peu de temps, hélas! — de tous ses privilèges d'Altesse Impériale. Dans les somptueux salons de son hôtel de la rue de Courcelles, comme sous les frais ombrages de son château de Saint-Gratien, s'empressaient le monde de la Cour, les personnages officiels : généraux chamarrés d'or, ambassadeurs et ministres couverts de plaques et de grands cordons, charmantes et belles dames étincelantes de diamants, et aussi, sous le sobre habit noir,

les écrivains, les artistes fameux du temps. Ils
étaient tous là — ou presque tous — au moins
aussi nombreux que les admirables perles du
collier de la princesse, et cette parure célèbre
était bien moins précieuse à ses yeux que l'élite
intellectuelle qu'elle avait su grouper et retenir
auprès d'elle par sa grâce et par sa bonté.

Bien qu'elle approchât de la cinquantaine, la
princesse Mathilde avait conservé un aspect surprenant de vigueur et de jeunesse. C'était la
fleur tout à fait épanouie, mais nullement fanée.
Je la retrouve, telle qu'elle était alors, dans le
buste de Carpeaux, — un chef-d'œuvre de la
sculpture moderne, — qui la représente, cou-
ronne au front, ses splendides épaules émergeant
d'un manteau de fourrure. Voilà bien le port de
tête impérial, les yeux largement encadrés, le
menton qui déjà se double d'un pli de chair,
mais qui garde sa fermeté napoléonienne, — le
menton de l'empereur à Wagram. Mais ce que
l'artiste n'a pu fixer dans le marbre, c'est le regard si sincère, si franc, si loyal; c'est, surtout,
le sourire dont le charme était irrésistible, ce
sourire à la fois heureux et bon, ou, pour dire
mieux, ce sourire qui exprimait si souvent, sur
les lèvres de la princesse, la joie d'être bonne et
d'en donner, à chaque instant, la preuve par un
acte ou par une parole.

Quand j'eus l'honneur de lui être présenté, la princesse Mathilde avait donc une cour. Chez elle, le modeste scribe des bureaux de la guerre, le jeune homme timide et fort ignorant des usages du monde que j'étais alors respira brusquement « l'air empesté des cours », comme disent les farouches démocrates. Je ne l'ai guère respiré que là; il sentait fort bon, et je ne sache pas qu'il m'ait empoisonné. Dans peu de salons, au contraire, j'ai trouvé une atmosphère aussi saine et aussi agréable.

La conversation, toujours maintenue, cela va sans dire, dans les limites de la courtoisie et du bon goût, y était absolument libre, parfois même un peu frondeuse. Sans doute, la princesse, nature prime-sautière et passionnée, soutenait avec vivacité son opinion, donnait même parfois un coup de boutoir à ses contradicteurs, mais son indulgence et son esprit de justice reprenaient toujours le dessus, et la discussion finissait avec bonne humeur.

*
* *

Les quelques semaines de l'été de 1869, pendant lesquelles je fus un des hôtes de Saint-

Gratien, comptent parmi les plus heureuses de ma jeunesse. Je relevais d'une grave maladie, et l'excellente princesse avait voulu abriter, dans sa résidence estivale, la convalescence du poète dont les premiers vers l'avaient intéressée.

C'est là que j'ai connu, dans son intimité, cette admirable femme, d'une intelligence si complète et si prompte, d'un caractère si délicieusement aimable et si virilement sûr, d'un cœur si noble et si haut. C'est là que je l'ai vue, assise dans l'atelier où elle tenait en main — une main d'une parfaite beauté — son pinceau d'aquarelliste, ou marchant dans son parc, précédée d'un peloton de petits chiens, c'est là que je l'ai vue, dis-je, si heureuse d'être entourée de littérateurs, d'artistes, de savants, toujours prête à leur plaire et à leur être utile, avide de s'instruire, écoutant beaucoup, parlant peu, et seulement pour jeter dans la causerie, quand il le fallait, avec le ton ferme et bref des Bonaparte, le mot essentiel, souvent amusant et pittoresque, jamais malveillant ni médiocre, toujours plein de sens et de vérité.

Rappelez-vous qu'alors les hôtes ou les visiteurs de Saint-Gratien — et je ne cite que les plus célèbres parmi les gens de plume — s'appelaient Mérimée, Gautier, Renan, Flaubert, Dumas fils, Augier, les frères de Goncourt. Joignez-y une foule de peintres, de statuaires, de professeurs, d'hommes politiques et de gros personnages. Imaginez ce qu'il y avait, pour la maîtresse du logis, dans un tel milieu, d'éloges à distribuer avec mesure, d'amours-propres à ménager, de déceptions à calmer d'un mot consolateur, de services de toutes sortes à rendre. N'oubliez pas que celle auprès de qui s'empressait tout ce monde était la parente très proche et très aimée du souverain, très influente, à coup sûr, mais ne pouvant pas tout, haïssant d'ailleurs l'injustice et capable de dire non, et vous comprendrez ce qu'il fallut à la princesse Mathilde de bonne grâce, de tact et surtout d'activité bienfaisante pour mettre au cœur de tant d'hommes divers un sentiment plus ou moins tendre, plus ou moins profond, mais d'une qualité supérieure, puisqu'il survécut, chez presque tous, aux malheurs de celle qui l'avait inspiré.

La guerre éclata. Ce fut la chute de l'Empire, l'invasion, la fin d'un monde. L'histoire impartiale et définitive jugera sévèrement, je le crois, cette révolution du 4 septembre, faite quand l'ennemi était sur notre territoire et qui ne fut point, certes, justifiée ni même absoute par la victoire. De cette catastrophe, qui atteignit tant de victimes, la princesse fut certainement la plus innocente.

Après un douloureux exil à Bruxelles, où elle se réfugia pendant les jours tragiques de la guerre et de la Commune, elle put revenir en France et retrouver cet air de Paris, le seul qui fût respirable pour elle.

Fort diminuée dans ses ressources, elle n'opéra cependant pas la moindre réduction sur le budget de ses charités, et continua, notamment, à pourvoir au coûteux entretien de l'hospice d'enfants infirmes qu'elle avait fondé. Son train de maison, moins magnifique, demeura pourtant très élégant et réglé par un goût exquis. Elle rouvrit ses salons, et la noble et charmante femme reçut alors la récompense de sa vie de bonté; car, à de très rares exceptions près, tous ses hôtes de naguère accoururent de nouveau auprès d'elle.

Pour les grands de ce monde, que la multitude ne voit que de loin et a parfois la sottise d'envier, c'est une tristesse spéciale et bien amère que de ne pouvoir se fier aux protestations de respectueuse amitié et d'absolu dévouement dont on les accable. A moins d'être aveugles et stupides, ils soupçonnent ce qui se dissimule d'ambitions et de cupidités sous tant de beaux serments et de gracieuses flatteries, et, trop souvent, ils en reconnaissent la fausseté, au moindre revers de fortune.

Ce chagrin fut épargné à la princesse Mathilde. Quelques arrivistes, comme on dit aujourd'hui, l'abandonnèrent sans doute et se tournèrent vers les puissants du nouveau régime. Mais le nombre en fut très restreint, et ceux-là n'appartenaient pas à l'élite intellectuelle, la bassesse du cœur s'alliant volontiers à la médiocrité de l'esprit.

Frappée durement par la destinée, la princesse eut donc la douceur de constater qu'elle était aimée pour elle-même par tous les hommes de mérite dont elle avait recherché la société. Elle fut certaine de leur sincère et profonde affection pour elle et constata qu'elle n'avait pas en eux des courtisans, mais des amis.

Hâtons-nous de le dire. Pour tous elle fut, elle aussi, une amie admirable, parfaite. Il n'est survenu, dans la vie d'aucun de ses fidèles, nul événement heureux ou malheureux sans que la princesse manifestât sa joie ou apportât sa consolation. Qui de nous, artiste ou écrivain, n'a reçu, au lendemain d'un succès, la marque de sa sympathie attentive? Même dans les der-

7

nières années, malgré son grand âge, n'accou-
rait-elle pas toujours, avec une hâte touchante,
au chevet d'un ami malade? Aussi nous ne l'ap-
pelions plus que d'un seul nom : la « Bonne
Princesse ».

Depuis près de trente ans que le second Empire est tombé, le salon de la nièce de Napoléon Ier demeura un asile prestigieux et charmant, tel qu'on n'en reverra très probablement
plus...

IX

LES BELLES PHRASES
DE GUSTAVE FLAUBERT

C'est chez la princesse Mathilde, au château de Saint-Gratien, que je vis Gustave Flaubert pour la première fois. La princesse, accompagnée d'un groupe d'amis où j'avais l'honneur de me trouver, faisait avant le dîner une promenade dans son parc, lorsque Flaubert arriva. Avant que son nom eût été prononcé, j'avais été frappé par l'aspect de ce géant à teint apoplectique et à moustaches de guerrier mongol, très paré, ayant du linge magnifique et même un soupçon de jabot, qui, après avoir salué la princesse, avait replacé sur l'oreille un chapeau luisant à larges ailes et marchait en faisant craquer dans l'herbe d'étincelantes bottines vernies.

Gustave Flaubert avait été un très bel homme dans sa jeunesse, et il avait gardé, du temps où son entrée faisait sensation dans la salle du théâtre de Rouen, certaines habitudes de coquetterie dans sa toilette. Tel que je le vis, en 1869, ravagé par une santé profondément altérée et par d'énormes excès de veille et de travail, il avait encore sa beauté. Rien n'était plus altier que son port de tête — le port de tête des Romantiques; dans son visage trop rouge et gonflé, mais où se retrouvait le beau dessin des traits et que décorait la plus triomphale paire de moustaches, étincelaient deux grands yeux bleus pleins de franchise et de courage, deux yeux de Normand de la Conquête; et, sur son crâne à demi dénudé, de longues mèches grisonnantes s'échevelaient avec une fougue toute mérovingienne. Gustave Flaubert, vieilli, n'était plus beau, mais il était encore superbe.

Ce soir-là, dans la résidence d'été de la princesse, sur le perron de la véranda, devant un magnifique crépuscule d'été, j'eus la joie de causer longuement avec Gustave Flaubert, et, dès les premières paroles échangées, reconnaissant que j'étais fou de la belle prose, il me parla — avec quelle verve enthousiaste et quelle familière éloquence! — de ce qu'il aimait le plus au monde, du style.

Tout de suite, il m'avait dit sa fameuse formule :

« Je ne sais qu'une phrase est bonne que lorsqu'elle a passé par mon « gueuloir » !

Et, joignant l'exemple au précepte, il en déclama immédiatement quelques-unes.

Quiconque n'a pas entendu Flaubert, avec une emphase de voix et une ampleur de geste dignes de Frédérick Lemaître, « gueuler » — tant pis ! il n'y a pas d'autre mot — une période de Bossuet ou de Chateaubriand ne saura jamais combien l'admiration littéraire peut donner de bonheur à un homme. Après avoir dit, d'une voix lente et forte où restait un peu de lourdeur normande, soit le *Départ des Hirondelles* dans *René,* en faisant sentir le rythme admirable de la phrase, soit la péroraison de l'*Oraison funèbre du Prince de Condé,* en tâchant d'en rendre les sonorités majestueuses comme de la musique d'orgue, le bon Flaubert s'arrêtait, silencieux et épuisé pendant un moment, tout tremblant de joie, tout congestionné de plaisir. Puis, pour s'assurer qu'il était bien compris, il saisissait son interlocuteur par le bras, il le regardait dans les yeux, et il lâchait alors un « N'est-ce pas? » ou un « Hein? c'est *raide!* » où éclatait sa naïve et noble jouissance.

On composerait une excellente anthologie de

la prose française, un choix exquis de modèles du style pompeux et magnifique, si l'on recueillait les nombreuses phrases empruntées par Gustave Flaubert aux écrivains classiques et modernes et soumises par lui à la redoutable épreuve du « gueuloir ».

Il en savait par cœur un très grand nombre, étant doué d'une mémoire étonnante, et il les déclamait imperturbablement, sans une erreur, indiquant par la diction toutes les nuances, même celles de la ponctuation. Il me récita ainsi des morceaux de longue haleine, entre autres le célèbre fragment de l'*Esprit des Lois,* le dialogue de Sylla et d'Eucrate. De temps en temps, il s'interrompait devant une beauté particulièrement frappante, à l'accord parfait de deux mots ; il soulignait d'une exclamation le trait génial, et il le répétait avec une volupté de dilettante.

Je crois l'entendre encore déclamant la prose ferme et nombreuse de Montesquieu :

« Quelques jours après que Sylla se fut démis de la dictature, j'appris que la réputation que j'avais parmi les philosophes lui faisait souhaiter de me voir. Il était à sa maison de Tibur, où il jouissait des premiers moments tranquilles de sa vie. Je ne sentis point devant lui le trouble où nous jette ordinairement la présence des

grands hommes. Et, dès que nous fûmes seuls :
« Sylla, lui dis-je... »

Là, Flaubert s'arrêtait toujours, suffoqué d'admiration.

« Sylla, lui dis-je, » répétait-il en faisant traîner le *lui dis-je* comme la vibration mourante
d'un gong... « Est-ce beau ! Toute l'histoire romaine est là dedans ! »

C'est un devoir et un plaisir de contenter la
passion d'un ami, surtout lorsqu'elle est innocente et belle, comme celle de Flaubert. Aussi,
quand j'avais la chance de découvrir une phrase
vraiment parfaite et atteignant l'idéal de sobre
et musicale éloquence qu'exigeait le maître, je
m'empressais de lui en faire part. Les trois
quarts du temps, il la connaissait, — car il avait
tout lu, ou à peu près tout, — et à peine
l'avais-je commencée qu'il m'interrompait pour
la finir. Je fus assez heureux cependant pour dé-
nicher dans des auteurs peu connus, et même
dans les coins ignorés des grands classiques,
quelques passages qui avaient échappé à l'œil
d'aigle de l'auteur de *Madame Bovary*. C'est
ainsi que je lui révélai les trésors cachés dans
l'*Histoire Romaine* et dans la traduction de Flo-
rus par Nicolas Coëffeteau, « évêque nommé
de Marseille », l'un des premiers Quarante de
l'Académie, écrivain de grand style, nourri de

la moelle latine, dont on ne sait plus guère le
nom aujourd'hui que par une phrase élogieuse
de La Bruyère. C'est encore grâce à moi que
Flaubert eut la satisfaction de faire avaler par
son « gueuloir » deux ou trois perles perdues
dans l'océan de Saint-Simon, — celle-ci, notamment :

« On envoya chercher M. le prince de Conti;
mais on ne le trouva pas; car il était à Paris, à
crapuler...

— *Crapuler!* s'écriait Flaubert ravi. Quel bel
infinitif! »

Mais le plus grand triomphe que j'obtins fut
de communiquer à mon illustre ami un certain
mouvement oratoire de Bossuet, développement
de la parole adressée au Bon Larron par Jésus-
Christ sur la croix, qui se trouve dans un des
sermons les moins célèbres de l'évêque de
Meaux.

« En vérité, lui dit Jésus, vous serez avec
moi, aujourd'hui même, dans le Paradis... —
Dans le Paradis, quel séjour! Aujourd'hui même,
quelle promptitude! Avec moi, quelle compagnie! »

En entendant cette superbe phrase, Gustave
Flaubert devint pourpre d'émotion; il me la fit
redire, il se la récita à lui-même plusieurs fois à
voix basse pour la bien graver dans sa mémoire,

et depuis lors, quand nous nous rencontrions dans le monde, il me saluait en s'exclamant :

« Dans le Paradis, quel séjour! Aujourd'hui même, quelle promptitude! Avec moi, quelle compagnie! »

Les petits cadeaux entretiennent l'amitié, et un ami qui partageait le goût de Gustave Flaubert pour les belles phrases et lui en avait même offert quelques-unes devait faire de rapides progrès dans son affection. Je pénétrai en effet dans l'intimité du romancier, et je le vis — d'abord rue Murillo, puis rue du Faubourg-Saint-Honoré — en déshabillé intime, le dos à la cheminée, devant le beau Bouddha de bronze doré dont elle était ornée, sa courte pipe à la bouche et drapé dans sa large robe de drap marron, qui tenait à la fois du froc de moine et du caban de marin.

C'est dans cette tenue que, chaque dimanche, l'après-midi, il recevait ses amis les romanciers, Zola, Goncourt, Daudet, et aussi les jeunes naturalistes, dont le « modernisme » intolérant l'exaspérait quelquefois.

Un jour d'été, un jour de bonne humeur pour le maître du logis, où je me trouvais seul avec lui, le piano d'une voisine jouait depuis plus d'une heure je ne sais quelle sonate, et le bruit du monotone instrument, arrivant par les fe-

nêtres ouvertes, couvrait notre conversation. Je
vis alors Flaubert faire de son amour du beau
style et de son goût pour la prose déclamée un
usage bien inattendu.

« Attendez, dit-il soudain. La voisine m'as-
somme avec son piano. Mais je me venge et je
lui « gueule » du Chateaubriand! »

Et, d'une voix tonitruante, il égrena le chape-
let de ses morceaux favoris. Ce fut d'abord la
phrase sur les Romains :

« Ils construisaient des arcs de triomphe et
ils détournaient des fleuves sur des aqueducs,
afin de donner à boire au peuple-roi. »

Et, comme la sonate persistait, il continua, en
déployant toute la sonorité et toute la puissance
de son organe, par l'admirable « lever de lune »
d'*Atala* :

« Alors elle épancha sur les forêts ce grand
secret de mélancolie qu'elle aime à raconter
aux vieux chênes et aux rivages antiques des
mers. »

Nous entendîmes alors la voisine fermer son
piano d'un coup sec. Une fois de plus, la littérature avait affirmé sa supériorité sur la musique.

***

Hélas! le « gueuloir » du bon et grand Flaubert est muet pour toujours, mais son écho vibre encore dans mon souvenir; et, quand je me donne la volupté de relire à haute voix quelque page impérissable de *Salammbô* ou du *Cœur Simple,* j'imite malgré moi cette voix d'airain, et je jouis alors doublement du rythme grandiose de ce style unique, qui fait de Gustave Flaubert le Beethoven de la prose française.

X

LA GRÈVE DES FORGERONS
LE SIÈGE DE PARIS

Peu après les *Poèmes modernes*, publiés au lendemain du *Passant* et qui bénéficièrent de son succès, j'écrivis la *Grève des Forgerons*.

Cette fois, je croyais n'avoir composé qu'un poème, et il paraît que j'avais fait un drame. Drame ou poème, la *Grève des Forgerons* fut déclamée sur différents théâtres par des comédiens et reçut ainsi une grande publicité. Elle souleva même dans la presse d'alors une discussion qui me fut pénible. Au moment où je la publiai, des grèves nombreuses et sévèrement réprimées faisaient beaucoup parler du droit de coalition. Quelques journalistes, appartenant

aux feuilles avancées, prétendirent que mon
œuvre contestait la légitimité de ce droit et
m'accusèrent d'un crime de lèse-liberté. Combien ceux qui m'ont adressé ce reproche me
connaissaient peu! Dans la *Grève des Forgerons*
j'ai simplement raconté un de ces drames
comme il s'en passe tant dans le rude monde
des ouvriers, et j'ai élevé une protestation indi-
gnée contre le droit du plus fort, toujours
odieux, quel que soit celui qui l'exerce. J'ai dans
le cœur — tous mes vers sont là pour l'attester
— une ardente pitié pour les petits, pour les
humbles, pour les misérables, et j'ai exprimé ce
sentiment une fois de plus, sans aucune arrière-
pensée, dans cette scène de la vie de misère. Il
n'y a pas de politique dans la *Grève des Forgerons;* il n'y a que de la charité!

*
* *

C'est vers cette époque que mes paisibles travaux de poète furent interrompus par le premier
coup de canon de la terrible guerre de 1870.

Pendant les premiers mois du siège de Paris,
je demeurais, avec ma mère et ma sœur aînée,
dans un logement de la rue des Feuillantines. Il

nous fallut l'abandonner au début de janvier, car les batteries allemandes du plateau de Châtillon nous firent cadeau du bombardement pour nos étrennes : l'un des premiers obus creva le mur d'une maison contiguë à la nôtre et mit en pièces tous les meubles d'une chambre heureusement inhabitée. Un autre projectile atteignit aussi le Val-de-Grâce, tout près de là, éclata dans une salle de l'hôpital militaire et y acheva quelques blessés.

Mais, lors du Noël de l'année terrible, Bismarck n'avait pas encore jugé opportun de donner la parole aux canons Krupp, et les habitants du faubourg Saint-Jacques ne s'attendaient pas à cette formidable surprise. Assez souvent j'allais, après le dîner, lire les journaux du soir au café Tabourey, situé rue de Vaugirard, derrière l'Odéon, à la place occupée aujourd'hui par le magasin de la librairie Flammarion. J'étais, comme tout le monde, avide de nouvelles, et ce qui me ramenait là, c'était l'espoir, hélas! constamment déçu, d'apprendre que les armées de province, enfin victorieuses, s'approchaient pour nous délivrer, ou que Paris se décidait à faire un effort désespéré pour briser la ceinture de fer qui l'étreignait.

Affaibli par une série de bronchites contractées dans les factions sur le rempart, et à peine rassasié par un peu de riz et de viande de cheval, — car le « pain de siège » était devenu tout à fait immangeable, — je me levais de table, je me coiffais de mon vieux képi, je m'emmitouflais d'un cache-nez et je m'en allais à travers le brouillard humide, par les rues ténébreuses et désertes, où de rares quinquets au pétrole avaient remplacé le gaz depuis longtemps. Paris, l'éblouissant Paris, n'était pas mieux éclairé, vers la fin du siège, que la rue d'un pauvre village. Une obscurité relative envahissait aussi la grande salle du café Tabourey. Devant chaque consommateur le garçon plaçait sur la petite table de marbre, en même temps que le rafraîchissement demandé, une bougie allumée dans un chandelier quelconque. C'est à l'aide de ce faible luminaire que je parcourais hâtivement les journaux, qui presque tous étaient imprimés sur une feuille unique et n'avaient que deux pages, d'ailleurs bien vides de renseignements.

Les bulletins des opérations, rédigés avec la plus martiale sécheresse, n'annonçaient, la plupart du temps, qu'un échange de coups de fusil entre les tirailleurs d'avant-postes ou qu'une canonnade tirée par le mont Valérien. Jamais rien sur les armées de secours, sinon, parfois, la nouvelle, tombée on ne savait d'où, d'une victoire dans l'Ouest ou dans le Nord, mensonge évident dont le journal ne parlait même plus le lendemain.

La veille de Noël, je rencontrai, chez Tabourey, un de mes camarades de la garde nationale, professeur dans un lycée de la rive gauche, et nous nous attardâmes à causer.

Je n'étais alors — comme aujourd'hui — qu'un poète; mon camarade de la 4ᵉ du 21ᵉ enseignait le grec et le latin à la jeunesse, et nous n'avions ni l'un ni l'autre la moindre connaissance dans l'art d'Alexandre, de César et du grand Napoléon. Mais, par un effet de la fièvre obsidionale dont nous étions atteints tous les deux, nous découvrîmes soudainement en nous, ce soir-là, le génie du stratège et du tacticien, et nous gagnâmes plusieurs batailles dans le genre d'Austerlitz et d'Iéna, devant la table de marbre sur laquelle les tasses, les soucoupes, les petits verres, le porte-allumettes et la courte pipe de merisier de mon compagnon représentèrent les corps d'armée français et allemands.

Cette campagne glorieuse, mais imaginaire, nous retint fort tard. Le quart d'heure d'avant minuit sonnait quand nous sortîmes, suivis du garçon qui portait le dernier volet de la vitrine.

Le professeur demeurait rue de l'Odéon; j'habitais du côté opposé. Après une poignée de main, je le quittai donc et pris le chemin de mon logis.

Les rues étaient toujours plongées dans les ténèbres; la plupart des quinquets, qui les éclairaient d'une lueur agonisante, avaient exhalé leur dernier soupir pendant mon séjour au café, et je m'avançais, non sans une vague angoisse, dans cette atmosphère d'une noirceur opaque.

C'était positivement sinistre, surtout parce que, cette nuit-là, la canonnade des forts redoublait d'intensité. Comme tous les assiégés, j'étais sans doute habitué à ce fracas guerrier. Mais jamais il ne m'avait paru si terrible. Au-dessus de moi, tout là-haut, dans le sombre et mystérieux espace, c'était un continuel grondement, pareil à la rumeur d'une foule, qu'interrompaient, à chaque instant, de violentes détonations, d'abord répétées par plusieurs échos et qui finissaient par se confondre dans l'énorme murmure.

Ainsi que l'orage, pourtant, la canonnade a des temps d'arrêt, des haltes; et quand se taisait l'artillerie, quand la meute des monstres de guerre cessait d'aboyer et reprenait haleine, un silence se produisait, généralement très court, mais complet, absolu, et dans cette nuit si noire, dans la solitude de cette ville endormie, rien n'était plus solennel.

Ce fut pendant une de ces accalmies du bombardement que soudain j'entendis les sons d'une cloche, puis de deux, puis de trois. Je me souvins de la fête de Noël. Les églises des environs appelaient les fidèles à la messe de minuit. Le bourdon de Saint-Sulpice, tout proche, ronronnait puissamment, et, lointaines, les cloches de Saint-Séverin et de Saint-Jacques-du-Haut-Pas tintaient comme les clarines des bestiaux dans les montagnes.

En cette nuit de l'affreux blocus, planant sur toutes les misères, toutes les horreurs, toutes les atrocités de la guerre, elles essayaient, les bonnes et douces cloches, les cloches chrétiennes, de redire la parole des anges aux bergers de Bethléem : « Paix aux hommes de bonne volonté! »

Cela ne dura que peu d'instants. Les torts de Montrouge et de Bicêtre firent une décharge effroyable, emplissant l'espace de longs rugissements, et la voix évangélique des cloches fut étouffée.

Jamais je n'oublierai la tristesse infinie qui me pénétra. Et jamais je n'ai mieux compris et plus aimé qu'en cette nuit de Noël de l'année 1870 la cloche de l'église chrétienne qui nous invite à la paix et à la fraternité.

XI

VICTOR HUGO ET LES JEUNES POÈTES

Je me hâte de le dire, je n'ai pas vécu dans l'étroite intimité de Victor Hugo; si j'ai passionnément admiré, si j'ai aimé d'une affection filiale le plus grand, le plus extraordinaire des poètes lyriques, je ne dis pas seulement de la France, mais peut-être de tous les pays, si j'ai eu le bonheur d'obtenir son vote lorsque je me présentai à l'Académie française, je n'ai pas pénétré assez avant dans sa vie privée pour qu'il me soit possible de donner ici autre chose que l'évocation de ses attitudes aux différentes époques où je l'ai approché.

Vers 1864, — comme je l'ai dit précédemment, — je commençais à fréquenter quelques jeunes gens de lettres; j'avais déjà publié différents poèmes, ici et là, dans les revues. Nous parlions souvent, mes jeunes camarades et moi, du grand poète. C'était notre maître à tous, et nous pensions avec amertume que le bonheur de l'approcher ne nous était pas permis. Certains d'entre nous, ceux dont le gousset était suffisamment garni, avaient fait le pèlerinage de Hauteville-House avec les sentiments et l'enthousiasme de musulmans allant à la Mecque. J'étais, par malheur, trop dépourvu pour accomplir ce pieux pèlerinage. C'est seulement au cours de l'année 1867 que je pus enfin, dans un modeste wagon de troisième classe, me rendre à Bruxelles, où Victor Hugo passait alors quelques semaines. Je me présentai place des Barricades — un nom convenable, n'est-ce pas? pour la demeure d'un révolutionnaire — tout tremblant d'émotion.

Le grand poète, à qui j'avais envoyé déjà mon premier volume, le *Reliquaire,* et qui m'en avait remercié par un de ces éloges lapidaires en quatre lignes dont il avait le secret, eut la bonté de faire asseoir à sa table et de traiter paternellement le jeune rimeur qui lui apportait le tribut de son admiration. J'éprouvais d'abord quelque étonnement à le voir. Je ne reconnaissais pas en lui le Victor Hugo des images romantiques, le Victor Hugo des bustes de David d'Angers et des

portraits de Devéria, exactement rasé et dont le
vaste front s'enveloppait d'une longue et capri-
cieuse chevelure. Pourtant, il n'était pas encore
le vieillard aux cheveux courts, à la barbe de
neige, dont la physionomie est restée définitive-
ment la plus populaire. Il était alors, comme on
dit, poivre et sel, c'est-à-dire grisonnant; tout
dans sa personne respirait la force. D'une voix
grave, admirablement timbrée, il parlait sur ce
ton un peu lent qui lui fut toujours coutumier,
paraît-il; cependant il y avait, à de certains moments, dans son regard, dans son sourire, dans
son intonation, quelque chose d'infiniment gra-
cieux, presque de caressant.

A la vérité, ces souvenirs s'estompent dans la
brume du passé, d'autant plus qu'en présence
de Victor Hugo je ressentis un tel trouble que
je n'eus guère le loisir de l'examiner avec attention. Le sentiment qui me dominait, c'était que
je me trouvais en présence d'un homme comme
je n'en verrais pas un pareil de toute ma vie.

Vieux aujourd'hui, je me sais gré de cette impression devant le génie. On a reproché à Lamartine ce mot de naïf orgueil :

« Je n'augure pas bien de ce jeune homme, —
disait-il après la visite d'un inconnu qu'on venait de lui présenter, — il n'a pas été ému devant moi.

Victor Hugo n'aurait pas pu émettre à mon sujet un tel mauvais présage. Personne, en sa présence, n'a senti palpiter son cœur avec plus de violence que le jeune admirateur de sa gloire que j'étais alors.

Je quittai Bruxelles enivré. J'avais été reçu par le grand poète! J'emportais même un de ses livres sur lequel il avait bien voulu écrire quelques mots, en dédicace, soulignés de sa griffe puissante...

Je ne devais pas revoir Victor Hugo avant l'Année terrible, pendant le siège de Paris, quand il revint en France pour y partager les souffrances de ses concitoyens. Il occupait un appartement meublé dont les fenêtres donnaient sur la place du Théâtre-Français. J'eus l'honneur d'y dîner plusieurs fois. J'avais fait mes premiers pas sur le chemin de la réputation. Ma petite pièce : le *Passant,* mes premiers recueils : les *Intimités,* les *Poèmes modernes,* avaient répandu mon nom. Grâce à eux, il m'avait été permis de cueillir un brin de laurier. Je m'assis donc, de nouveau, à la table de Victor Hugo, cette fois en compagnie de deux autres poètes que j'aimais infiniment et qui, eux aussi, avaient été très bons pour moi : Théophile Gautier et Théodore de Banville.

A ces repas du siège, chez Victor Hugo, repas

qui n'avaient rien de gastronomique, on le
pense, où nous faisions nos premières et déce-
vantes expériences d'hippophagie et où les
pommes de terre, rarissimes alors, étaient consi-
dérées comme une friandise, il n'y avait pas que
des poètes. On y voyait aussi des hommes politiques qu'il traitait avec toutes sortes d'égards.
Mais je me rappelle très bien qu'il ramenait le
plus souvent possible la conversation sur des sujets littéraires et provoquait avec joie le calme et
parfait discours de Gautier ou la verve éblouissante de Banville.

C'est pour la toute charmante fille de Théophile Gautier que Victor Hugo — il aimait la
plaisanterie — écrivit à cette époque ce qua-
train où il fait allusion à la viande de cheval dont
les Parisiens étaient réduits à se nourrir presque
exclusivement :

> Si vous étiez venue, ô beauté que j'admire,
> Je vous aurais offert un festin sans rival :
> J'aurais tué Pégase et je l'aurais fait cuire
> Afin de vous donner une aile de cheval !

Ici se place le souvenir d'une de ses conversations qui m'a laissé une impression tant soit peu
comique, je l'avoue. Un soir, comme il s'indi-
gnait contre les horreurs de la guerre, il exprima
tout à coup une idée vraiment étrange. Il allait,

dit-il, adresser un cartel au roi de Prusse, dont les armées investissaient Paris.

« Nous sommes deux vieillards, ajouta-t-il. Il est un puissant souverain, on accorde que je suis un grand poète, nous sommes donc égaux. Pourquoi ne viderions-nous pas la querelle qui déchire nos deux nations en un combat singulier, afin d'épargner tant d'existences humaines? »

C'était grandiose, si l'on veut; ce n'était guère pratique. Ce jugement de Dieu, renouvelé du moyen âge, n'eut d'ailleurs pas lieu, et l'on sait trop comment se termina l'abominable blocus.

Depuis lors je ne cessai pas d'entretenir des relations suivies avec Victor Hugo. Je l'ai revu dans chacun des domiciles qu'il occupa à Paris par la suite. Il s'installa d'abord, mais pour peu de temps, dans un petit appartement, rue Pigalle, où j'eus le rare bonheur de passer une soirée entière en tête à tête avec lui et avec Mme Juliette Drouet, qui n'avait plus rien alors de la belle Juliette jadis admirée par le public de la Porte-Saint-Martin dans *Lucrèce Borgia* et dans *Marie Tudor,* mais qui s'était transformée en une vieille dame silencieuse et de l'aspect le plus respectable.

Victor Hugo pour moi tout seul, quelle aubaine inespérée! Nous ne parlâmes que de poésie, et je me souviens qu'il fut un peu étonné parce que je lui récitai un très grand nombre de ses vers que je savais par cœur.

De là il vint habiter rue de Clichy. J'y retrouvai bien souvent les poètes de ma génération qu'il se plaisait à réunir autour de sa table. Soirées inoubliables! Lorsqu'il n'y avait, par bonheur, ni ministre, ni membre du Sénat, ni député, — car en présence des hommes politiques Victor Hugo m'a toujours paru différent, un peu guindé, — il s'échauffait, se laissant aller, et sa conversation prenait un tour naturel et plein de charme. Il nous racontait les batailles littéraires des temps romantiques, par exemple la première représentation d'*Hernani,* mille autres incidents mémorables de cette époque du dix-neuvième siècle qui restera certainement parmi les plus glorieuses de notre histoire littéraire.

Ah! quel étonnement n'eussent pas éprouvé alors ceux qui l'ont représenté comme un personnage excessivement solennel et, tranchons le mot, « poseur »! S'ils l'avaient vu tel, c'est sans doute à eux-mêmes qu'ils devaient s'en prendre. Peut-être, en effet, devant les importants et les boursouflés affectait-il des allures d'oracle; mais avec les poètes, je le répète, il était plein d'abandon, je dirais même de bonhomie.

8

Dans ces dîners, nous admirions son appétit formidable. Il mangeait d'énormes morceaux de viande rôtie et buvait de grands verres de vin pur. Un détail typique m'est resté dans la mémoire : c'est qu'à la fin du repas il mettait des quartiers d'orange dans son vin et les absorbait avec une satisfaction marquée. Tout était extraordinaire en Victor Hugo, même son estomac !

Pendant la soirée, un assez grand nombre de personnes venaient toujours lui offrir leurs hommages. Il accueillait chacun par un mot aimable. Mais surtout il montrait une exquise courtoisie, des façons attentives et gracieuses auprès des dames, qui sentaient la meilleure compagnie. Il y avait en lui quelque chose de la politesse inimitable et à jamais disparue des gentilshommes d'autrefois.

Il quitta la rue de Clichy pour le petit hôtel de l'avenue d'Eylau qui porte maintenant son nom et où il est mort. Là encore je fus souvent son hôte.

C'est avenue d'Eylau qu'il reçut la visite d'un empereur. Voici dans quelles circonstances. Dom Pedro, empereur du Brésil, était, on le sait, fort épris de littérature et de science. Fervent des séances de l'Académie française et de l'Institut, il aimait la compagnie des savants et des gens de lettres. Comment n'eût-il pas désiré connaître Victor Hugo? Il lui fit exprimer ce désir; mais, gêné, on le conçoit, par ses opinions radicalement républicaines, Hugo répondit d'abord :

« Je ne vais pas chez les empereurs. »

Dom Pedro ne se tint pas pour battu et riposta avec beaucoup d'esprit :

« Qu'à cela ne tienne! M. Victor Hugo a sur moi le triste privilège de l'âge et la supériorité du génie. C'est donc moi qui lui ferai la première visite. »

Le poète fut touché. Il s'informa si l'empereur consentirait à dîner chez lui, ce qui fut accepté tout de suite. Aussi, lui présentant ses deux petits-enfants, Georges et Jeanne, pour lesquels on sait sa tendresse d'aïeul, il leur dit :

« Mes enfants, voilà un empereur; mais un empereur comme il n'y en a pas beaucoup, un empereur qui a aboli l'esclavage, un empereur qui vient chez un vieux républicain, etc. »

On devine le reste du discours.

Dom Pedro sourit, embrassa les deux petits et se montra pendant toute la soirée d'une simplicité et d'une bonne grâce parfaites. Il avait apporté le dernier volume publié par son hôte, et le pria d'y mettre une dédicace. Une nouvelle difficulté surgissait. Quelle formule allait employer l'ancien révolutionnaire intransigeant?

Il s'en tira spirituellement en donnant à l'empereur un titre ronflant et magnifique qui ne serait pas déplacé dans les tirades d'*Hernani* et de *Ruy Blas*. Il écrivit :

« Dom Pedro d'Alcantara. »

A propos de dédicace, je me rappelle avoir entendu raconter au duc d'Aumale, membre de diverses classes de l'Institut, qu'ayant envoyé son *Histoire des princes de Condé* à Victor Hugo, il reçut de lui une lettre de remerciements et de félicitations. Ici encore le poète avait adroitement évité d'employer les termes protocolaires de Monseigneur et d'Altesse Royale. Le duc d'Aumale admirait en souriant la formule imaginée par Victor Hugo : « Cher et royal confrère. »

J'ai dit que le grand poète, dans ses conversations avec les gens de lettres, se montrait de la plus agréable simplicité. A peine, parfois, le ton s'enflait-il un peu, prenait-il une solennité prophétique. A certain moment du dîner, par exemple, il semblait que Victor Hugo éprouvait le besoin d'agiter quelque grave question de philosophie, et notamment celle de l'immortalité de l'âme, car il était profondément spiritualiste.

Un jour, un soir plutôt, Schœlcher, son vieil ami, qui ne croyait à aucune survie au delà de ce monde, exprima cette opinion un peu vivement. La riposte de Victor Hugo ne se fit pas attendre :

« Vous avez raison, Schœlcher, lui dit-il fort ingénieusement, tout le monde n'est pas immortel. Un jour, le Dante, après avoir écrit deux vers sur une feuille de papier, alla faire une petite promenade. Alors le premier vers dit au second : « Il est bien agréable d'être un vers du « Dante, car on est immortel. » Le second vers dit à son tour : « Ce n'est pas sûr du tout. « Croyez-vous vraiment que nous soyons tous « les deux immortels ? » Là-dessus, le Dante rentra chez lui, relut ses deux vers, trouva que le second ne valait rien et le biffa. »

Victor Hugo, on le voit, n'était pas seulement un très grand poète, mais encore un homme de beaucoup d'esprit.

Bien que, souvent, ses amis le suppliassent de leur lire les vers qu'il venait de composer, il cédait rarement à leur prière. Une fois pourtant il nous parla d'une pièce sur la trahison de Bazaine, qui ne se trouvait pas dans l'*Année Terrible,* récemment parue. Nous n'osions guère espérer qu'il voudrait bien nous la lire. Nous insistâmes cependant. Il le fit. Il disait admirablement les vers, un peu lentement peut-être, mais d'une voix grave et profonde dont l'accent remuait l'âme et y faisait jaillir les sources les plus lointaines de l'émotion. Et, comme nous nous étonnions qu'il n'eût pas placé ce beau poème parmi ceux qui se rapportent aux temps affreux de la guerre de 1870 et de la Commune et qui constituent l'*Année Terrible,* il nous en donna la raison. C'est que, le livre ayant paru avant le jugement du conseil de guerre qui condamna le maréchal, il n'avait pas voulu que ce morceau, très sévère pour Bazaine, pût influencer, en quoi que ce fût, l'opinion des juges.

Cette pièce a paru depuis dans les *Quatre Vents de l'Esprit,* si je ne me trompe. Mais il n'est pas inutile, je crois, de citer ce trait qui fait honneur à Victor Hugo, puisqu'il s'agissait, dans la circonstance, d'un ennemi politique, et que la générosité est plus méritoire encore quand elle a à vaincre la plus farouche des passions.

Mes souvenirs sur Victor Hugo sont d'une telle abondance que si je m'y abandonnais c'est tout un livre qu'il me faudrait écrire. Je dois me borner... Cependant je veux exprimer ici une opinion personnelle, depuis longtemps enracinée dans mon esprit.

Certes, le second Empire n'aurait pas dû proscrire Victor Hugo. Mais j'estime, et je crois pouvoir l'affirmer sans être taxé de paradoxe, qu'il lui rendit, en le faisant, un très grand service. D'abord, c'est cet exil qui lui inspira les *Châtiments,* livre très exagéré, très injuste à coup sûr, mais qui cependant a donné à la France un inimitable chef-d'œuvre dans le genre satirique. De plus, je suis convaincu que le génie de Victor Hugo, pendant ces années de solitude, de méditation et de vie intérieure dans l'île de l'archipel normand, prit un immense et nouvel essor. En quel pays, en quelle langue un poète a-t-il parlé de la mer, l'a-t-il chantée avec autant de puissance verbale, de pittoresque, de vérité, que Victor Hugo? Pas un détail ne lui échappe; il en rend tous les aspects, il en exprime toutes les colères, il en murmure toutes les chansons. Le rythme même de la mer a passé dans ses strophes. C'est qu'il a vécu en étroite communion avec l'Océan, à Guernesey, et il semble qu'il s'en soit tellement approprié la grandeur que son œuvre est un autre océan.

Causeries

faites en 1879, dans la Salle des Conférences
du boulevard des Capucines

Causeries

PREMIÈRE CAUSERIE

Mesdames et Messieurs,

LORSQUE je me suis assis pour la première fois dans le fauteuil du conférencier pour donner lecture de quelques-unes de mes poésies, je savais bien que j'étais en face d'un préjugé. En effet, on prétend généralement, — et c'est une opinion que j'ai entendu soutenir par des maîtres en l'art de bien dire, par des orateurs, par des professeurs de récitation, par des comédiens fameux, — on prétend que les poètes sont pour la plupart incapables de dire leurs vers. On leur reproche de trop faire sentir les rimes, d'insister sur les césures, d'employer un débit sans variété et sans naturel, de déclamer en un mot. Suis-je ou non exempt de tous ces défauts, c'est ce dont vous êtes meilleurs juges que moi; car on ne s'entend pas mieux parler qu'on ne se voit bien dans un miroir, et, vous le savez, ce qu'il y a de plus difficile à connaître au monde, c'est soi-même. Cependant, et en me mettant hors de cause, il me semble qu'il peut toujours être intéressant d'entendre un poète réciter lui-même ses poésies. Son organe pourra être faible, sa diction défectueuse, son geste monotone; mais le sentiment qui lui a inspiré ses vers, s'il est sincère et profond, saura bien se manifester dans la façon dont il les dira, — de même qu'un compositeur de musique, presque sans voix, assis, dans un salon, devant un méchant piano, nous donne parfois une impression plus intense et plus délicate de son œuvre que lorsqu'elle s'était présentée à nous entourée de tout le prestige et de toutes les séductions du théâtre.

Je vais donc, si vous le permettez, prendre devant vous, l'un après l'autre, chacun de mes recueils de vers, y choisir une ou deux pièces, celles qui me paraîtront le plus dignes de vous être présentées, et vous les lire tant bien que

mal. J'accompagnerai cette lecture de quelques
commentaires, d'une anecdote si elle se présente, d'une critique même si elle me vient à
l'esprit. Car, quoi qu'on en dise, les auteurs sont
encore les appréciateurs les plus impartiaux de
leurs ouvrages, et, malgré tous les mauvais
conseils de leur amour-propre, ils les jugent
aussi sainement et aussi sévèrement que qui que
ce soit. Je compte exécuter ce modeste programme avec bonhomie, sans prétention, sous
la forme d'une causerie intime ; car je puis dire,
en parodiant la célèbre devise de la maison de
Rohan : Orateur ne puis, pédant ne daigne,
poète je suis.

Théophile Gautier, qui n'était pas seulement
un incomparable écrivain, mais encore un
homme d'infiniment d'esprit, a dit quelque part
qu'un poète ne brûlait jamais un manuscrit
avant d'en avoir d'abord tiré soigneusement copie. Pour cette fois seulement, le merveilleux
auteur des *Émaux et Camées* trouvera en moi un
contradicteur. Car je suis un démenti vivant à
sa spirituelle boutade. Oui, mesdames et messieurs, j'ai brûlé mes vers de jeunesse. Trois
mille, il y en avait trois mille ! et, la main sur la
conscience, je n'ai jamais eu le moindre regret
de les avoir détruits. Quelquefois, dans ces
heures, oh ! bien rares, je vous assure, où l'ar-

tiste n'est pas trop mécontent de lui-même, lorsque notre ennemie intime, à nous autres auteurs, la vanité, vient me murmurer à l'oreille : « Mais tu as peut-être eu tort; il y a peut-être quelque chose de bon là-dedans! », oh! alors, je n'ai qu'une chose à faire. Je prends mon premier volume, qui contient encore quelques victimes échappées à ce juste et salutaire auto-dafé, et me confirmant bien vite dans la juste opinion que j'avais de moi, lorsque j'ai, de mes propres mains, rassemblé les fagots et bouté le feu, je me félicite de ce qu'aucun ange ne soit venu arrêter mon bras au moment où j'accomplissais ce sacrifice d'Abraham.

Permettez-moi néanmoins de vous lire, à titre de curiosité, une petite pièce, qui est la première en date de mes poésies publiées : *L'Horoscope*.

(Lecture de *l'Horoscope*.)

. . . .

Ce premier recueil de vers, intitulé le *Reliquaire*, parut en 1866. J'avais alors... n'espérez pas, messieurs, ni vous surtout, mesdames, que je vous dise l'âge que j'avais alors. Mais enfin j'étais jeune, très jeune, et j'ai bien besoin de cette excuse à mes propres yeux quand je relis certains passages du *Reliquaire*. Ce qui me rend si sévère pour eux, c'est d'y rencontrer trop rarement ce qui constitue, pour moi, la qualité essentielle d'un poète, c'est-à-dire la note personnelle, l'originalité. Je reconnais aujourd'hui, dans ces vers écrits avec tant d'amour, bien des imitations et même quelques réminiscences. L'influence de Théophile Gautier, de Charles Baudelaire, de Victor Hugo, s'y fait sentir, de Victor Hugo surtout, que déjà je lisais et j'aimais passionnément. Mais n'est-ce pas excusable? Le mot de Brid'oison est très vrai dans l'ordre littéraire :

— On est toujours le fils de quelqu'un.

Il faut un maître à l'élève, un modèle à l'écolier, et il est tout naturel, au début, d'imiter ce qu'on admire. Quant à l'influence de Victor Hugo, ne s'est-elle pas fait sentir sur tous les poètes de ma génération? C'est le plus grand génie lyrique que la France ait produit; c'est comme le soleil de notre littérature moderne, et ses rayons ont pénétré partout. Et aujourd'hui même que nous le voyons, avec une poignante mélancolie, décliner vers son couchant, il lance des lueurs si splendides qu'elles ne permettent pas de distinguer encore les faibles et timides étoiles qui resteront seules dans notre ciel poétique quand il aura majestueusement disparu derrière l'horizon!

Voici un petit poème, extrait du *Reliquaire,*
qui fut remarqué au moment de sa publication.
(Lecture des *Aïeules*.)

. . . .

Le mince recueil intitulé : *Intimités* et qui
suivit de près le *Reliquaire* est, comme son titre
l'indique, trop intime pour que les vers en
soient lus en public. Toutefois, je vous deman-
derai grâce pour une courte pièce, à cause du
sentiment de charité qu'elle contient, mais je
ne prétends pas qu'on en tienne un trop grand
compte au poète. Le jour où il imagina ces
vers, il était heureux, et les gens heureux n'ont
que peu de mérite à être bons.
(Lecture du *Bouquet de Violettes*.)

. . . .

Ces deux premiers volumes : le *Reliquaire* et
les *Intimités,* n'obtinrent d'abord, je dois le
dire, que ce que la langue française, si riche en
nuances de politesse et en indulgents euphé-
mismes, appelle un succès d'estime, c'est-à-dire
qu'ils n'en obtinrent aucun. Des cinq cents
exemplaires, imprimés, ai-je besoin d'en convenir? aux dépens de l'auteur, une centaine tout
au plus s'écoula. Une autre centaine fut distri-
buée à des confrères illustres, à des critiques, à

des amis, avec de flatteuses dédicaces. L'auteur
eut le bonheur de décacheter, avec l'émotion
du néophyte, la lettre traditionnelle, alors timbrée de Guernesey, qui lui apportait son bap-
tême poétique; pendant quelque temps, il lut
avidement les journaux, pour y découvrir, trop
rarement, hélas! quelques froides lignes de réclame; il eut aussi l'amertume de rencontrer
parfois, en se promenant sur le quai Voltaire,
son livre échoué dans le casier d'un bouquiniste
et, selon le mot d'un homme d'esprit, « feuilleté par le vent d'automne ». Enfin tout se passa
dans l'ordre accoutumé; la majeure partie de
l'édition du *Reliquaire* et des *Intimités* resta en-
fouie dans les arcanes de la librairie Lemerre, et
l'on pouvait déjà prévoir le moment où, conver-
tie en sacs et en cornets, elle envelopperait de
rimes riches et de rythmes curieux le sucre de
l'épicier ou le caporal du marchand de tabac.

Si je vous fais cette confidence, mesdames et
messieurs, ce n'est certes pas pour me plaindre
de la première indifférence du public à mon
égard; elle était toute naturelle, et il l'a, depuis
lors, réparée au delà de mes espoirs; ce n'est
pas seulement non plus pour conseiller la persévérance aux jeunes poètes, c'est aussi, c'est surtout pour rappeler dans quel discrédit la poésie
était tombée à cette époque et pour rendre

l'hommage qu'il mérite au groupe de jeunes et vaillants poètes qui parvinrent à l'en tirer.

Je veux parler des Parnassiens, « quorum pars magna fui », et je regrette de ne pouvoir examiner ici le rôle, encore si discuté, que ce petit cénacle, où j'avais été accueilli dès mes premiers débuts, a joué dans la littérature contemporaine. Mais ce nom de *Parnassien,* qui, comme toutes les étiquettes d'écoles, — romantique, réaliste, naturaliste, — ne signifie pas grand'chose, ce nom de *Parnassien,* que la critique d'alors voulait nous infliger comme un ridicule et dont nous nous parions comme d'une gloire, — je ne puis l'écrire sans une véritable émotion. Car il évoque pour moi tous les souvenirs de jeunesse; il me rappelle les premières mains qui me furent fraternellement tendues, les premières voix amies qui me dirent : « Patience et courage! » et qui me saluèrent, moi, pauvre et obscur jeune homme qui doutais de ma vocation et de mes facultés, de ce noble titre de poète que je suis si fier et si heureux de porter!

... C'était dans la légendaire boutique du libraire Lemerre. Le célèbre éditeur n'était pas installé alors dans l'élégant magasin que tout Paris connaît et dont les vitrines ornées de glaces magnifiques sont bondées de livres précieux, de riches reliures et d'eaux-fortes avant la

lettre. Il occupait dans le passage Choiseul, à
quelques pas de son établissement actuel, une
boutique ouverte à tous les vents et bizarrement
encombrée de piles de bouquins, où se réunissait tous les jours, entre quatre et six heures de
l'après-midi, un groupe de jeunes poètes, tumul-
tueux et chevelus, jadis épars dans la grand'-
ville et qui avaient enfin découvert et adopté ce
lieu d'asile.

Ils étaient venus là d'instinct, parce que Lemerre annonçait une réimpression de la *Pléiade
française,* et ils avaient trouvé bon accueil près
de ce grand gars normand qui lui-même, avec
sa barbe blonde, son nez droit et ses cheveux en
brosse, avait une physionomie du XVIe siècle et
ressemblait un peu à Pierre de Ronsard, gentilhomme vendômois.

Le passage Choiseul se transforma donc en
Galerie du Palais, et l'étalage de Lemerre tint
lieu du pilier de Barbin. Là fut fondé ce *Parnasse
contemporain* qui a fait tant de bruit dans Lan-
derneau, et là se célébrèrent les rites du culte
nouveau pour le vers bien ciselé et la rime sévère.

Nous devons dire que, malgré sa sympathie
naturelle pour les rythmeurs, l'honnête Lemerre, encore jeune et timoré, fut d'abord un
peu effrayé de voir éclore dans sa boutique toute

cette nichée d'aiglons tapageurs. Les discussions violentes, les éclats de rire juvéniles, les plaisanteries au gros poivre des jeunes poètes, autant que leurs toilettes étranges et négligées et leurs cheveux dépeignés par l'ouragan, épouvantèrent les anciens clients de la maison, paisibles bouquineurs à la chasse d'un introuvable elzévir et bonnes dames du quartier venant renouveler leur *Journée du Chrétien* ou leur *Cuisinière bourgeoise*. Avant d'enrichir Lemerre comme éditeur, les poètes le ruinaient comme libraire détaillant; et l'inquiétude légitime, mais courtoisement dissimulée, du patron se trahissait quelquefois dans la mauvaise humeur du commis, un bossu du nom d'Émile, qui ne cessait de gronder contre l'encombrement de la boutique et, sous prétexte d'épousseter l'étalage, bousculait malignement les infortunés lyriques et leur passait son plumeau sous le nez...

Très jeunes pour la plupart, les Parnassiens étaient des artistes avant tout épris du style et de la forme, des poètes scrupuleux, délicats, raffinés, mais aussi très exclusifs, qui, par réaction contre les déplorables imitateurs de l'inimitable Musset, accablaient d'ironies les trop naïfs élégiaques et, par antipathie contre la lourde et bourgeoise école du bon sens, n'admettaient pas qu'on pût exprimer en vers les détails de la vie ordinaire. Si les personnalités et les ouvrages de mes amis m'étaient sympathiques, leurs théories, je dois le dire, ne m'avaient pas bien convaincu. Tout Parnassien que je fusse, puisque j'étais du *Parnasse,* il me semblait, au fond du cœur, que l'impassibilité et la bizarrerie ne valaient pas l'émotion et le naturel, que quiconque souffrait avait bien le droit de se plaindre, et qu'on pouvait certainement découvrir dans les choses les plus familières un grain de poésie et d'idéal. Pour me faire comprendre par une comparaison, la tulipe la plus extraordinaire, obtenue à force de greffes, dans une serre chaude, et poussée sous la loupe d'un horticulteur de Harlem ou de Rotterdam, ne vaudra jamais pour moi le bouquet de violettes de deux sous qu'on achète dans la rue, qu'on met à sa boutonnière et qui vous parfume pour toute la journée.

C'est dans ces sentiments que je conçus et que j'écrivis les *Poèmes modernes.* Ai-je réussi, comme je le désirais, à être, dans ces vers, familier et poétique à la fois? Je l'ai tenté, du moins, comme vous en jugerez par les trois pièces que je vais vous lire.

La première a un peu l'air d'un paradoxe. Je me suis arrêté devant un soldat de la ligne et une bonne d'enfant assis sur un banc de jardin public, et avec cette humble idylle, dont la plupart souriraient, j'ai essayé d'émouvoir.

(Lecture du *Banc*.)

. . . .

La seconde pièce, que je choisis dans les *Poèmes modernes,* est toute de fantaisie. L'idée m'en est venue, sur la jetée d'un port de mer, en regardant s'éloigner les navires et en songeant à la tristesse de ceux qui, selon la jolie expression normande, « espèrent les marins partis ».

(Lecture de *l'Attente*.)

. . . .

Enfin le dernier fragment que je vais vous lire est un bref et rude récit de soldat, qu'on peut supposer fait, à une veillée de village, par un vétéran des grandes guerres du premier Empire.

(Lecture de *la Bénédiction*.)

. . . .

Peu après les *Poèmes modernes,* j'écrivis la *Grève des Forgerons.* Je vais essayer de vous la dire, et je me rassure en songeant que la plupart d'entre vous n'ont pas entendu les remarquables artistes qui l'interprétèrent; je vais essayer de vous la dire après Beauvallet, après Coquelin, après Mounet-Sully, et en réclamant toute votre indulgence.

(Lecture de *la Grève des Forgerons.*)

. . . .

Je ne veux pas abuser de votre bienveillante attention; mais, avant de clore cette première causerie et de vous dire au revoir, je vous lirai encore une pièce. Elle est d'une inspiration patriotique, et il est toujours bon et salutaire de se séparer sur ce sentiment-là.

(Lecture de *Pour le Drapeau.*)

. . . .

DEUXIÈME CAUSERIE

Mesdames et Messieurs,

Je manquerais au devoir de la reconnaissance si je ne commençais pas cette deuxième causerie par quelques mots de remerciement pour le bon et cordial accueil que vous avez fait, la dernière fois, à mes vers et à ma personne. J'avais grand besoin de cette indulgence, car j'étais fort ému, mardi dernier, en m'asseyant à cette place, et vous vous êtes peut-être douté de mon trouble en me voyant si souvent goûter ce verre d'eau sucrée et porter la main à mon front, comme pour y affermir ma mémoire. Mais si aujourd'hui, grâce à vos encouragements, je

me présente devant vous avec plus de calme et
plus d'assurance, j'éprouve cependant un autre
sujet d'inquiétude. Je me dis que le succès
oblige; je me rappelle qu'on n'est bien, aux
yeux du public, qu'à la condition d'être mieux,
et je songe que sa faveur ne dure généralement
pas plus que les choses charmantes et éphé-
mères qui ont symbolisé, de tout temps, pour
les poètes, la brièveté des joies humaines, c'est-
à-dire le soleil de mars, la vie d'une rose,
ou, pour me servir d'une métaphore plus prosaïque et plus actuelle, la popularité d'un ministère.

Rempli du désir de vous contenter, mais
préoccupé aussi par la crainte de ne pas y réus-
sir, je me suis donc mis, ces jours derniers, à
relire mes anciens vers, occupation mélancolique, je vous assure, aussi mélancolique que de
retrouver, pâlies sur les feuillets d'un herbier,
des fleurs cueillies autrefois à l'heure de la rosée,
ou de revoir, une épingle au travers du corps et
séchés dans le cadre de l'entomologiste, les papillons d'or et d'azur qui palpitaient, au dernier
printemps, dans un rayon de soleil. Donc, en
relisant mes anciens vers, j'ai retrouvé ces
quelques strophes, — que j'avais, je vous en
réponds, absolument oubliées, — et qui ser-
virent jadis de prologue à une série de causeries

en vers et en prose que je publiai dans un journal parisien.

(Lecture du *Prologue d'une série de Causeries*.)
(CAHIER ROUGE.)

. . . .

Eh bien! mesdames et messieurs, après avoir relu ces vers, je me suis écrié : — Voilà ton programme! ou, pour mieux dire : Tu n'auras pas de programme! Tes auditeurs savent qui tu es : un poète, et rien de plus. Ils n'attendent de toi ni grandes phrases ni pédantes critiques. Si tu t'écartes de ton sujet, ils sont complaisants; ils consentiront à faire avec toi l'école buissonnière. Marche donc au hasard de la route! Suis le caprice de ta fantaisie. Le chemin des écoliers est le plus long, c'est vrai, mais c'est celui qui paraît le plus court.

Ce que je vous ai dit, mardi dernier, à propos des *Intimités* et des *Poèmes Modernes*, je ne puis que le répéter aujourd'hui avant de feuilleter avec vous le recueil qui les suivit, les *Humbles*. Il sort de cette source d'inspiration qu'Horace a si bien qualifiée du nom de Muse pédestre, *Musa pedestris*, et il marque un pas en avant dans cette voie de la poésie familière où, décidément, je m'engageais alors. Il m'a semblé, en l'écrivant, il me semble encore aujourd'hui qu'il y a de la

poésie dans tout et partout, qu'il est permis de
serrer, d'aussi près que possible, la vérité dans
les vers, que le poète, comme le peintre, doit
travailler d'après nature, que les sujets les plus
vulgaires peuvent être relevés par un sentiment
délicat, et qu'il est possible enfin de faire pour
les objets ce que le romantisme a fait pour les
mots, et d'être réaliste en restant poète. Ce que
le trop ingénieux Jacques Delille désignait par
cette périphrase :

> Quelques-uns de ces dards dont les pointes légères
> Fixent le lin flottant sur le sein des bergères,

un homme de la génération de 1830 l'appelle
tout simplement des *épingles*. Mais, si les romantiques ont osé appeler les choses par leurs noms,
ils n'ont pas osé parler en vers de toutes les
choses. J'en excepte, bien entendu, le prodigieux
Victor Hugo, dont le génie a eu toutes les au-
daces ; mais Lamartine, mais Gautier, mais Musset lui-même ont toujours reculé devant certains
détails. Le seul Sainte-Beuve, dans ses poésies,
beaucoup trop dédaignées, a voulu prouver que
rien n'était prosaïque. J'ai tenté d'aller aussi
loin, plus loin que lui. Car, à tout prix, je voulais mettre dans mes vers une note personnelle,
les marquer à mon coin et différer, par quelque
côté, des admirables poètes de la première moi-

tié de ce siècle, que j'admire et que j'aime de toutes mes forces, mais que je ne me donne plus la joie de lire, de peur d'imiter. Ah! c'est qu'elle n'est pas aisée, la tâche des poètes nouveaux. Leurs illustres prédécesseurs ont fait, dans le champ poétique, une magnifique et abondante moisson; nous ne sommes plus que des glaneurs et nous ne pouvons plus récolter qu'une gerbe de maigres épis, et, quand nous venons, timidement, les présenter à notre maître, le public, nous avons grand besoin d'invoquer la parabole de l'Évangile, qui veut qu'on récompense, comme les autres, les ouvriers de la dernière heure.

Cette note réaliste, que j'avais déjà donnée dans mes premiers recueils, je l'ai encore plus accentuée dans les *Humbles*.

L'idée générale du volume est suffisamment expliquée par son titre et par l'épigraphe qu'il porte: *Et exaltavit humiles.* J'essaierai cependant de vous la rendre plus saisissable par le moyen préféré des poètes, par une image.

J'habite dans un faubourg, et la chambre où je travaille est située au rez-de-chaussée et accède, par quelques marches, à un jardinet. Mais la maison est exposée au nord, au plein nord, et, même en été, même à midi, son ombre s'étend sur la moitié de ce petit carré de fleurs. Celles qui sont au fond du jardin, en plein soleil, s'é-

panouissent et embaument dans l'air attiédi;
mais les autres, les plus proches du mur que jamais n'atteint un rayon, s'ouvrent à peine et ne
donnent qu'un faible parfum. Souvent, en me
promenant dans l'étroite allée circulaire de mon
petit jardin, je jette un regard de compassion
sur ces œillets étiolés et sur ces roses maladives,
— car celles-là sont mes préférées; — et, au
même moment, les bruits des maisons pro-
chaines, en parvenant jusqu'à moi, me font songer, par une mystérieuse correspondance d'esprit, à certaines existences, comparables à celles
de ces tristes fleurs. C'est la chanson monotone
d'une ouvrière qui tire l'aiguille toute la journée,
dans sa chambre haute; c'est le hoquet de la
machine à vapeur de l'atelier voisin, où s'agite,
dans l'enfer d'une forge, le peuple des artisans;
c'est la cloche du couvent où des femmes inno-
centes offrent à Dieu leurs souffrances et leurs
prières pour ceux qui, comme beaucoup d'entre
nous, ne savent ni souffrir ni prier; c'est enfin le
clairon de la caserne, où de pauvres paysans,
exilés de leurs champs et de leurs vignes, su-
bissent les rigueurs d'une dure discipline, en
attendant que la guerre éclate, qui les forcera de
payer à la Patrie le terrible impôt du sang. —
J'écoute ces bruits mélancoliques, je regarde ces
roses languissantes, et ma rêverie unit dans une

même pitié ces âmes et ces fleurs à qui la destinée n'a pas accordé ce qu'elle semblerait devoir
à tous : une place au soleil !

Je vais vous lire le simple récit d'une de ces
existences condamnées.

(Lecture de *la Nourrice*.)

. . . .

Je prononçais tout à l'heure le mot de couvent. C'est là que viennent s'échouer quelques-
unes de ces vies brisées; c'est là que viennent
s'éteindre les âmes trop délicates pour survivre
à la perte d'une chère illusion, ainsi que j'ai essayé de le faire deviner dans le sonnet intitulé :
la *Sœur Novice*.

(Lecture de *la Sœur novice*.)

. . . .

Mais tous les humbles ne sont pas malheureux. Quelques-uns ont la sagesse ou plutôt le
bon instinct de s'acoquiner dans une vie douce
et monotone, donnant ainsi raison, sans le connaître, au mot profond de Chateaubriand : « Si
j'avais encore la folie de croire au bonheur, je le
chercherais dans l'habitude »; et le poète, fiévreux
et troublé, les envie parfois en passant près de
leur retraite. Tels sont les *Petits Bourgeois*.

(Lecture des *Petits Bourgeois*.)

. . . .

Par ces quelques fragments, mesdames et messieurs, il vous est facile de vous rendre compte de ce que peut être ce volume des *Humbles*. Quoiqu'il ait été favorablement accueilli et que l'Académie française lui ait décerné l'une de ses récompenses, il n'en a pas moins été l'objet d'assez vives critiques, dont quelques-unes, je m'empresse d'en convenir, étaient parfaitement bien fondées. On a reproché à ces vers d'être trop terre à terre parfois et presque toujours chargés de trop minces détails. Eh bien! mesdames et messieurs, — je vais vous donner l'étonnement de voir un auteur sans amour-propre, — les critiques qui m'ont adressé ces reproches avaient parfaitement raison. Je me soumets à leur verdict, et je ne trouve à invoquer en ma faveur qu'une circonstance atténuante : c'est qu'il est bien difficile d'arriver à la simplicité sans tomber quelquefois dans le prosaïsme, et d'atteindre l'exactitude en évitant toujours la minutie. N'est-ce pas déjà quelque chose d'avoir à peu près fondu, dans mon livre, — comme je crois y être parvenu, — ces deux qualités et ces deux défauts?

Cela dit, j'aurai l'audace de vous lire la pièce des *Humbles* qui a soulevé, au moment de la publication de ce volume, les plus violentes protestations. Son titre seul, le *Petit Épicier,* fut considéré comme un crime de lèse-poésie par plusieurs de mes confrères, et le poème lui-même, où j'essayais d'intéresser mes publics aux mesquines infortunes d'un épicier et à son chagrin de ne pas avoir d'enfant, on le traita d'outrage à la Muse. Bref, ce fut une véritable tempête... dans le verre d'eau du monde littéraire. Je le répète, mesdames et messieurs, je m'incline devant l'arrêt de la critique; mais, avant de vous lire le *Petit Épicier* et de vous faire faire la connaissance de ce scandaleux personnage, je me permettrai de vous demander si un artiste n'a pas le droit, une fois dans son œuvre, d'outrer, par caprice, sa manière, d'exagérer ses procédés, d'exécuter, par virtuosité pure, sa propre parodie, et si un lecteur un peu avisé n'aurait pas dû découvrir, dans l'équivoque bonhomie des vers du *Petit Épicier*, l'imperceptible lézard de l'ironie que Henri Heine voyait frétiller dans le sourire de sa perfide maîtresse.

(Lecture du *Petit Épicier.*)

. . . .

Loués ou blâmés, bons ou mauvais, ces petits tableaux des *Humbles* avaient du moins tous, ou presque tous, une particularité : celle d'être

placés dans un cadre parisien; et je ne suis pas
médiocrement fier, en ma qualité d'enfant de
Paris, qu'on ait bien voulu leur reconnaître quelque exactitude.

Mais, avant d'aller plus loin, je tiens à m'ex-
pliquer sur ce nom de parisien, qui est souvent
prononcé bien à la légère.

Quand on trouve un homme qui traverse,
sans se presser, la cohue des voitures du boulevard Montmartre, qui fait sa carte au restaurant
en une minute, qui connaît le bureau de tabac
où sont les meilleurs cigares, qui sait les nouvelles avant d'avoir lu les journaux, et qui
appelle tout le monde « cher ami »; quand on
l'a jugé et reconnu pour un être ordinairement
sceptique, mais susceptible d'un fol enthousiasme; d'une activité dévorante, mais toujours
prêt pour une flânerie; élégant, mais négligé;
bienveillant, mais égoïste; ayant le mot méchant et la poignée de main facile, sympathique,
en somme, et aimable, malgré ses vices, — on
dit de lui : « C'est un Parisien. » Eh bien! on se
trompe. Ce n'est qu'un homme qui vit à Paris,
et, si on l'interroge sur son origine, on est tout
surpris d'apprendre qu'il est d'Amiens ou de
Carcassonne. Mon Dieu! oui, prenez un Normand ou un Picard, mettez-le au collège à Paris,
faites-lui faire son droit au Quartier Latin, —

pas trop vite, — et avec quelques excursions au boulevard et en peu d'années, quand il aura quelques dettes de plus et quelques illusions de moins, il sera devenu un de ces Athéniens modernes.

Mais un vrai Parisien, né à Paris, de parents parisiens eux-mêmes, ayant grandi là et y ayant passé à peu près toute sa vie, c'est une très rare exception. Ce Parisien-là pourra ressembler à l'autre; mais il y aura entre eux une différence essentielle. Le provincial importé dans la grand'-ville s'y plaira et y restera parce qu'il y poursuit son goût de confortable, parce qu'il y contente ses ambitions, parce qu'il y satisfait ses besoins de plaisir; mais, au fond du cœur, il la considérera toujours comme un champ de bataille, une auberge et un mauvais lieu; et, s'il a du chagrin, s'il ressent de la fatigue, s'il tombe malade, c'est à sa ville natale, c'est à sa province lointaine qu'il ira demander la consolation, le repos ou la santé. Le vrai Parisien, au contraire, aimera Paris comme une patrie; c'est là que l'attacheront les invisibles chaînes du cœur, et, s'il est forcé de s'éloigner pour un peu de temps, il éprouvera, comme Mme de Staël, la nostalgie de son cher ruisseau de la rue du Bac.

Celui qui vous parle est un de ces Parisiens-là! Dans cette ville dont, comme s'en plaignait Alfred de Musset, il connaît tous les pavés, mille souvenirs l'attendent, dans ses promenades, au coin de tous les carrefours. Une paisible rue du faubourg Saint-Germain, dont le silence est rarement troublé par le fracas d'un landau ou d'un coupé de maître, lui rappelle toute son enfance ; il ne peut passer devant une certaine maison de cette rue et regarder là-haut, ce balcon du cinquième, sans se revoir, tout petit sur sa chaise haute, à cette table de famille dont les places, hélas! se sont peu à peu espacées et où il n'y a plus aujourd'hui d'autres convives que lui et sa sœur aînée, qui l'aime pour tous les morts et tous les absents. Il ne s'arrête jamais devant les librairies en plein vent des galeries de l'Odéon — qui sont, entre parenthèses, une des aimables originalités de Paris — sans se souvenir de l'époque où, ses cahiers de lycéen sous le bras, il faisait là de longues stations et lisait *gratis* les livres des poètes qu'il aimait déjà. Enfin il y a quelque part — il ne dira pas où — une petite fenêtre qu'il aperçoit en se promenant dans un certain jardin public et qu'il ne peut regarder en automne, vers cinq heures du soir, quand le coucher du soleil y jette comme un reflet d'incendie, sans que son cœur se mette à palpiter,

comme il le sentait battre il y a longtemps, il y
a bien longtemps, mais dans la même saison et
à la même heure, alors qu'il accourait vers ce
logis avec l'ivresse de la vingtième année et
que la petite fenêtre, alors encadrée de capucines, s'ouvrait tout à coup et laissait voir, parmi
la verdure et les fleurs, une tête blonde qui souriait de loin.

Heureux, ah! bienheureux celui qui habite la
campagne à ce délicieux moment de la vie!
C'est un lit de mousse sous les chênes, c'est le
bord d'une petite rivière où bouillonne l'eau
d'un moulin, c'est un chemin creux dans la
vallée, c'est une prairie de fleurs et de papillons,
ce sont de doux et chers paysages qui garde-
ront, pour les lui rendre, les impressions de sa
jeunesse et qui lui offriront plus tard, quand
aura fui le bonheur, un asile de solitude, de fraîcheur et de paix! Mais l'enfant de Paris qui,
toujours privé d'air libre, d'espace et d'horizon,
ne voit dans son passé lointain que des rues tor-
tueuses et les quatre murs d'un collège, il faudra bien, s'il est poète, qu'il récolte les souvenirs semés au temps de sa jeunesse sur ces
chemins de pavés et dans ces maisons de plâtre,
et qu'il sache faire tenir dans un couchant vert
et rose, aperçu au bout d'un faubourg, toute la
morbide mélancolie de l'automne, et dans une

matinée de soleil, près des lilas, au Luxembourg, toute la joie divine du printemps.

(Lecture de *Dizains*.)

. . . .

*
* *

Je ne vous donnerais pas une idée complète des *Humbles,* mesdames et messieurs, si je n'y choisissais pas encore une pièce parmi celles où résonne un écho de la terrible guerre de 1870 : la *Lettre du Mobile breton.* J'ai composé alors et depuis lors plus d'un poème où j'ai essayé, dans la mesure de mes forces, de consoler le deuil de la patrie ou d'entretenir sa rancune. Je ne vous en lirai qu'un seul, car le moment n'est pas opportun, hélas! pour faire retentir les grands accents patriotiques. Mais les sentiments silencieux ne sont pas les moins profonds, et, à ce propos, je ne résiste pas au plaisir de vous citer un mot de poète, bien plus touchant, selon moi, que toutes les déclamations des tribuns.

Lorsque les Prussiens vainqueurs marchaient sur Paris, Théophile Gautier était aux bords du lac de Genève, dans une maison amie. L'auteur des *Émaux et Camées* n'était plus jeune; sa santé était altérée; dans cette ville, qui allait souffrir toutes les horreurs d'un siège, il devait être compté parmi ceux qu'on appelait alors les *bouches inutiles*. Tout l'excusait de rester loin du danger. Il accourut cependant, et à ceux qui s'étonnaient de son retour l'excellent homme répondait par ce mot exquis où éclatent toute la grâce de son esprit et toute la bonté de son cœur :

« On bat maman... Je reviens. »

Le devoir fait simplement, sans phrases, telle fut aussi la conduite de ces mobiles des départements de l'Ouest qui partagèrent avec nous les souffrances et les dangers du siège de Paris, et j'ai essayé de payer mon tribut d'admiration à l'héroïsme discipliné, au patriotisme silencieux, au courage modeste de ces jeunes gens dans le court poème que je vais avoir l'honneur de vous lire, la *Lettre du Mobile breton*.

(Lecture de la *Lettre du Mobile breton*.)

. . . .

Mesdames et messieurs, j'avais apporté le volume qui suivit les *Humbles*, le *Cahier rouge*, et j'avais l'intention de vous en lire quelques extraits. Mais je commence à éprouver un peu de fatigue, — voici plus d'une heure que je parle, et je suis obligé de renvoyer le *Cahier rouge* à mardi prochain.

Je vous lirai seulement, avant de vous dire au revoir, quelques strophes inédites; elles sont destinées à servir de préface à un livre de poésies posthumes qui paraîtra bientôt chez mon éditeur et ami Alphonse Lemerre. Ces vers qui m'ont été communiqués en épreuves ont pour auteur un pauvre et charmant enfant de dix-huit ans, qui, si une mort affreuse ne l'eût enlevé prématurément à l'affection passionnée de sa famille, aurait certainement occupé une place d'élite dans la pléiade des poètes contemporains.

(Lecture de *A la Mémoire de Henri-Charles Read.*)

. . . .

. . . .

TROISIÈME CAUSERIE

Mesdames, Messieurs,

Dans ma précédente causerie, en parcourant devant vous mon volume des *Humbles,* je n'ai évoqué que des sentiments bien simples, je ne vous ai montré que des tableaux bien familiers. Vous avez accueilli les uns et les autres avec une bonne grâce dont je vous remercie; vous avez paru vous intéresser au vulgaire malheur d'une pauvre nourrice séparée de son enfant, aux joies familiales de bons petits rentiers retirés dans un coin de banlieue, et même à la mélancolie nuancée de ridicule d'un petit épicier de Montrouge; enfin vous avez bien voulu me suivre jusqu'au bout dans ce monde de petites gens et de petites choses vers lequel la pente de ma

sympathie m'a toujours entraîné et dont j'ai
essayé de définir, dans ce livre des *Humbles,* la
douce et discrète poésie.

Je voudrais vous lire aujourd'hui des vers un
peu moins réalistes, un peu moins terre à terre,
et, dans les fragments que je désire vous faire
connaître de mon volume intitulé : le *Cahier
rouge,* et de mon poème ayant pour titre : *Olivier,* je tâcherai que mon choix s'arrête de préférence sur ceux où j'ai su mettre un peu plus
de lyrisme et de fantaisie. Mais, il faut bien vous
en prévenir, je ne vous entraînerai pas loin dans
cette voie, et, hier encore, en relisant ces deux
volumes, je constatais une fois de plus que
décidément je n'étais qu'un poète tempéré, un
poète de demi-teintes. Il a dû se passer, le jour
de ma naissance, quelque chose d'analogue à ce
qui a lieu dans les contes de Perrault lorsque le
roi et la reine obtiennent enfin un nouveau-né et
que les fées d'alentour sont convoquées autour
du berceau du jeune prince. Les bonnes fées
sont venues d'abord autour de mon berceau, et
chacune d'elles m'a fait un don et m'a prédit un
bonheur. La première m'a dit :

« Tu auras quelque syntaxe; tes phrases ne
s'embrouilleront pas trop dans les *qui* et dans les
dont; tu te méfieras sagement de l'abus des ad-
jectifs et des verbes auxiliaires; enfin tu parleras

et écriras à peu près correctement le beau langage de France. »

La deuxième m'a dit :

« Tu rimeras richement; tu éviteras autant que possible, à la fin de tes vers, les mots en *ion* et les adverbes en *ment,* et tu aimeras les rimes sonores et bien accouplées, qui sont pareilles à deux chevaux de race attelés au même carrosse ou à deux cygnes purs naviguant de conserve sur l'eau d'un bassin. »

La troisième me dit :

« Tu auras le don du rythme; tes paroles se scanderont, pour ainsi dire, toutes seules sur des mètres divers et compliqués, et tu logeras dans ton cerveau une faculté étrange qui battra la mesure à ta pensée. »

La quatrième me dit :

« Tu saisiras facilement les affinités et les correspondances; tout se présentera à ton esprit sous la forme d'une comparaison et d'une image, et pour toi les mots ne contiendront pas seulement des idées, mais des sentiments et aussi des couleurs. »

Enfin toutes venaient de me faire un de ces cadeaux frivoles qui sont indispensables pour devenir un bon poète, lorsqu'une dernière fée arriva. Ah! celle-là, vous la connaissez bien et vous la voyez d'ici, courbée sur sa baguette, en-

fouie sous sa cape de mendiante, vieille, édentée,
ridée, avec un nez en bec de corbin qui rejoint
un menton de galoche! C'est la méchante fée,
la fée Carabosse, celle que le Roi et la Reine
négligent toujours d'inviter à la naissance de
leur dauphin. Eh bien! elle est venue, cette méchante fée, auprès de mon modeste berceau;
elle s'est penchée sur lui avec autant d'envie et
de colère que s'il eût été orné du collier de la
Toison d'Or ou du cordon bleu du Saint-Esprit,
et elle m'a crié de sa voix chevrotante:

« Soit, tu ne feras pas trop de fautes de français; tes vers seront sur leurs pieds; tu ne feras
pas rimer, malgré le mauvais conseil d'Alfred de
Musset, *idée* avec *fâchée,* et l'on ne verra pas,
dans tes métaphores, ainsi que chez quelques-
uns de nos orateurs politiques, « s'éteindre
l'hydre de l'anarchie » ou « naviguer le char de
l'État »; mais il te manquera la qualité essentielle, le don suprême: *Tu ne seras pas lyrique!*

Et c'est pourquoi, au lieu de gravir jusqu'à la
cime la montagne escarpée où souffle le sublime
vent de l'inspiration, je me suis arrêté à mi-côte;
c'est pourquoi, au lieu de m'élancer dans les
espaces, en chevauchant le classique cheval ailé,
je marche, le bâton à la main, dans les sentiers
de l'idylle; et c'est pourquoi enfin, n'ayant
jamais osé porter la main sur les cordes de la

grande lyre, je ne puis vous faire entendre, mesdames et messieurs, que de simples airs de flûte*.

Le *Cahier rouge,* dont je veux d'abord vous lire quelques passages, est un recueil fait sans plan préconçu et un peu au hasard. Comme je le disais dans les quelques lignes qui servent d'introduction au volume, j'avais l'habitude, tout en m'occupant de travaux plus importants, d'ouvrir, à mes heures de fatigue, un mince cahier qui traînait toujours sur ma table de travail, et de me délasser en y écrivant quelques poésies fugitives, à peu près comme un enfant paresseux illustre de pierrots pendus les marges de sa grammaire. C'étaient, le plus ordinairement, de légères fantaisies, des notes rapides, des croquis jetés; et je ne songeais même pas à publier ce *Cahier rouge.* Mais des amis, en me faisant visite, le prirent sur mon bureau, l'ouvrirent, le parcoururent, lui trouvèrent — ils étaient, à coup sûr, très indulgents — quelque charme dans sa négligence, quelque variété dans son désordre, et me décidèrent à le faire imprimer, tel qu'il

---

* A l'époque où François Coppée faisait ce trop modeste aveu, il n'avait encore écrit aucun de ses grands drames en vers; mais, plus tard, l'auteur des *Jacobites* et des poèmes lyriques contenus dans les *Paroles Sincères* devait se donner à lui-même le plus éclatant des démentis.

était, sans même lui chercher un autre titre que cette étiquette quelconque de *Cahier rouge*.

Écrits, comme je viens de vous le dire, dans mes moments de lassitude, plusieurs poèmes du *Cahier rouge* sont empreints de cette tristesse sans motif, de cette mélancolie sans cause, de ce spleen, en un mot, qui est au fond du cœur de presque tous les poètes modernes et dont j'ai voulu donner la sensation, très enveloppée, dans la pièce ayant pour titre : *Fantaisie nostalgique*.

(Lecture de *Fantaisie nostalgique*.)

. . . .

Plus d'une pièce du *Cahier rouge* exprime ce sentiment nostalgique, mais je n'en choisirai pas d'autre; car j'aurai, tout à l'heure, en vous lisant mon poème d'*Olivier*, l'occasion d'insister sur cette note élégiaque. J'aime mieux vous faire entrevoir une des figures de jeunes filles qui, dans le *Cahier rouge*, traversent le souvenir du poète. Il a toujours éprouvé, en effet, en présence de ces êtres charmants et mystérieux un profond attendrissement que l'amère expérience de la vie n'a pu altérer dans son cœur et qu'il espère bien conserver toujours. C'est au sortir du bal qu'il ose suivre, par la pensée, la plus jeune et la plus jolie des danseuses qu'il a vue passer devant lui dans le tourbillon de la valse, et que sa rêverie l'accompagne aussi loin que le permet le respect.

(Lecture de *En sortant d'un Bal.*)

. . . .

Il y a encore dans le *Cahier rouge* ce qui se trouve dans tous les recueils de poésies, des vers d'amour. Je me suis interdit, naturellement, d'en lire dans ces causeries publiques. En voici pourtant quelques-uns, si timides, si innocents, si respectueux, que vous voudrez bien me permettre une exception en leur faveur; car, je vous assure, l'Anglaise la plus prompte au *shocking* ne s'en offenserait pas. C'est à peine une déclaration, et c'est intitulé : *Presque une Fable.*

(Lecture de *Presque une Fable.*)

. . . .

Enfin le *Cahier rouge* contient un certain nombre de pièces qu'on me fit l'honneur de me demander en faveur des œuvres patriotiques fondées à la suite des récents malheurs de la France. Je serai, c'est chose convenue entre nous, très sobre, dans ce choix de lectures, de ce genre de poèmes; mais puisque j'ai fait allusion, dans ma dernière causerie, à l'oubli beaucoup trop complet et trop rapide, selon moi,

dans lequel sont tombés nos désastres, je vous
lirai quelques strophes où ce sentiment est
exprimé, sinon avec éloquence, du moins avec
une profonde conviction. Ces strophes sont
adressées *Aux Amputés de la Guerre*.

(Lecture de *Aux Amputés de la Guerre*.)

. . . .

Je bornerai là, mesdames et messieurs, mes
citations du *Cahier rouge,* car je compte vous
lire tout à l'heure des fragments assez importants de mon poème d'*Olivier*.

*
* *

Jusqu'à présent, les différents volumes que
j'ai ouverts devant vous n'étaient, comme vous
avez pu le remarquer, que des réunions de pièces
détachées, bien que quelques-uns d'entre eux,
tels que les *Poèmes modernes*, les *Intimités* et les
Humbles, fussent conçus d'après un plan d'ensemble, groupés autour d'une idée générale.
Jusque-là je n'avais donc pas abordé une composition un peu étendue, un ouvrage de longue
haleine. Cette ambition devait me venir. J'étais
arrivé à cette heure de la vie où le poète com-

mence à se sentir plus de confiance en lui, où il
se rappelle, l'audacieux, que Lamartine a écrit
Jocelyn, que Musset a écrit *Rolla,* et où il prétend, à son tour, concentrer son inspiration dans
un livre unique, résumer son monde poétique
dans un seul poème. C'est ce que j'ai essayé de
faire en écrivant *Olivier,* et, je commence par
l'avouer franchement, je sais mieux que personne que je n'ai pas complètement réussi. La
critique a été sévère pour *Olivier;* elle a prétendu que ce poème reposait sur une idée trop
subtile, sur un scrupule de conscience trop spé-
cial, sur une délicatesse de sentiment trop personnelle, et qu'il n'était pas dominé, comme
doit l'être un ouvrage de cette importance, par
une forte et simple pensée, faite pour être sentie
et comprise par tout le monde. Vous apprécierez
tout à l'heure, mesdames et messieurs, l'équité
de ce jugement. Pour moi, dont l'esprit a une
tendance trop marquée à douter de lui-même et
qui mesure si bien l'abîme qui sépare l'œuvre
faite de l'œuvre rêvée, je m'incline toujours devant les critiques, sans les discuter et sans me
défendre. Soit, *Olivier* est une œuvre incomplète,
et c'est avec raison, peut-être, qu'elle n'a pas eu
un sort aussi heureux que celles qui l'avaient
précédée. Eh bien! qu'importe? C'est une re-
vanche à prendre, un autre travail à accomplir,

voilà tout! J'ai encore de la force et de la jeunesse, je me sens plein de cœur à l'ouvrage. J'é-
crirai un autre poème, — il est déjà commencé,
— j'en écrirai deux, trois, s'il le faut, mais je
mourrai à la peine ou j'atteindrai mon rêve, mon
ambition, mon idée fixe : un bon et vrai poème
moderne. Le sort d'Icare ne me fait pas peur; il
s'est brisé dans sa chute, mais du moins il est
tombé de haut. D'ailleurs, il n'y a que les médiocres esprits qui s'inquiètent du sort que la
publicité réserve à leurs productions. Je l'ai déjà
dit quelque part : c'est vers la perfection qu'il
rêve et non vers le succès qu'il constate que
doivent tendre les efforts du poète, et, son livre
une fois terminé, il ne doit pas s'en soucier plus
que les arbres printaniers, couverts de jeunes
pousses, ne s'inquiètent de leurs feuilles mortes
du dernier automne.

Malgré la loyauté avec laquelle je vous tiens
au courant des critiques adressées à mon livre
et malgré la bonne grâce que je mets à les ac-
cepter, ne me croyez pas cependant, mesdames
et messieurs, plus modeste que je ne le suis.
Vous vous méfiez, j'en suis sûr, des humbles
avant-propos et des préfaces agenouillées, et
vous avez bien raison, car ils ne sont pas sincères. Si, en vous parlant de mon poème, je ne
m'écrie pas, avec la superbe de Trissotin :

> Je soutiens qu'on ne peut en faire de meilleur,
> Et ma grande raison, c'est que j'en suis l'auteur,

je n'en suis pas moins convaincu d'avoir fait, dans *Olivier,* œuvre de poète et d'artiste. Que dis-je! Je conserve pour cet ouvrage, le moins bien accueilli peut-être de tous ceux que j'ai mis au jour, un goût particulier que je ne désespère pas de vous faire partager tout à l'heure, de même qu'un père de famille aime avec une préférence de cœur et accompagne avec plus de tendresse dans la vie le moins favorisé de ses enfants.

Le sujet d'*Olivier* est résumé dans le charmant vers de Théophile Gautier qui lui sert d'épigraphe :

> Virginité du cœur, hélas! si tôt ravie!

et le sentiment dont le livre est pénétré depuis la première page jusqu'à la dernière, c'est le regret de l'innocence. Un homme, au réveil des ivresses de la jeunesse dans lesquelles il a follement dissipé son cœur, reconnaît avec désespoir son impuissance d'aimer au moment où il rencontre l'être pur et charmant qui serait vraiment digne de son amour. Est-ce là une idée subtile et compliquée, comme on l'a prétendu? Elle est au moins délicate, me semble-t-il, et elle trouvera certainement un écho dans les âmes d'élite qui gardent toujours la honte de leur première faute et dont l'existence est empoisonnée par le regret du paradis perdu.

(Lecture de fragments d'*Olivier*.)

. . . .

Voici bien des vers élégiaques; en voici beaucoup trop peut-être. J'espère, mardi prochain, dans ma quatrième et dernière causerie, vous en faire entendre d'autres, d'une inspiration plus mâle et d'un sentiment moins exclusivement personnel. Mais, pour me conformer à l'habitude que j'ai prise de vous donner, à la fin de chacune de ces séances, la primeur d'une pièce inédite, voici quelques strophes qui vous prouveront, mesdames et messieurs, que je ne pense plus, à l'heure qu'il est, qu'un poète doive abuser, comme je crains de l'avoir fait, du droit de se plaindre de ses douleurs intimes. Elles sont adressées à un de mes jeunes amis, qui m'avait soumis ses premiers vers, pleins de larmes et d'imprécations, et auquel j'ai répondu par cet appel au courage.

(Lecture de *A un Élégiaque*.)

. . . .

QUATRIÈME CAUSERIE

Mesdames, Messieurs,

Dans ces causeries où je vous ai raconté, avec bonhomie et sincérité, me semble-t-il, les incidents de ma vie littéraire, vous avez dû être frappés par une particularité assez remarquable : c'est que, si j'ai eu la bonne fortune au lendemain du *Passant* d'obtenir en un jour cette notoriété que tant d'autres mettent dix ans et plus à conquérir, toutes les tentatives que j'ai faites depuis lors ont été très vivement discutées et qu'il m'a fallu dix ans de lutte et de travail pour conserver et défendre cette situation conquise en un jour. Rien n'est, en effet, plus lourd à porter et plus difficile à maintenir qu'un succès obtenu au début de la carrière. Le public, ou du moins la partie la moins bienveillante du public, semble s'être pénétré de l'affreux mot de Talleyrand :

« Méfiez-vous du premier mouvement; il est toujours bon. »

Aussi son second mouvement, à ce public qui est presque aussi sceptique que Talleyrand, est-il de s'accuser d'entraînement et de surprise et de devenir très sévère envers ceux à qui, tout d'abord, il avait si facilement accordé sa sympathie. — J'ai subi cette loi de l'opinion dans toute sa rigueur. Pendant dix années, je puis le dire sans crainte d'être démenti, tous mes essais ont été accueillis par la critique avec ce sentiment de réserve, et il n'en est presque aucun qu'elle n'ait comparé, avec une insistance obstinée, à cette première œuvre qui m'avait si brusquement tiré de l'obscurité. Mes quelques pièces de théâtre, à une ou deux exceptions près, ont notamment été étouffées sous ce souvenir, écrasées par ce rapprochement. Ni les *Deux Douleurs,* ni l'*Abandonnée,* ni le *Rendez-vous,* ni même le *Luthier de Crémone,* qui a cependant reçu un si flatteur accueil à la Comédie-Française, n'étaient jugés dignes de l'auteur du *Passant.* Et c'était encore le même refrain quand je publiais un volume de poésies. En vain je m'efforçais, avec toute ma conscience et toute ma bonne volonté, de varier

mes conceptions et de perfectionner ma forme;
en vain je publiais ces *Humbles* et cet *Olivier,* les
livres où, selon moi, j'ai mis le plus d'originalité
et d'audace, tout cela n'était plus le *Passant,* ne
valait plus le *Passant.* Ah! j'ai eu, je vous assure,
des heures bien tristes et bien découragées au
lendemain de ces représentations de pièces et de
publications de volumes qui, toutes, semblaient
me faire descendre d'un degré dans la faveur du
public. Heureusement pour moi, j'écris pour
moi-même plus que pour les autres, et je travaille bien moins pour avoir du succès que par
besoin de produire et par désir de me contenter.
J'ai donc continué à me manifester par tous les
moyens et sous toutes les formes possibles, par
le livre, par le journal quelquefois, par le théâtre
quand je l'ai pu, et, comme l'opinion finit toujours par revenir aux patients et aux laborieux,
elle s'est aperçue — au bout de dix ans, comme
je vous le disais tout à l'heure — que mes
œuvres formaient un nombre très respectable de
volumes, que j'avais écrit, étant encore jeune,
une quinzaine de mille vers au moins, et que je
n'étais peut-être plus seulement, selon la formule
malicieusement bienveillante que l'on semblait
avoir adoptée pour désigner mon humble personne, l'heureux auteur du *Passant.*

Pauvre petit *Passant,* douce inspiration d'une

heure radieuse de mes vingt-cinq ans, pardonne-
moi les minutes d'impatience et de mauvaise
humeur que m'a causées bien des fois ton nom,
malignement prononcé pour déprécier mes créa-
tions nouvelles. Tu n'en es pas moins resté l'enfant bien-aimé de ma jeunesse, le rêve d'idéal et
d'amour qu'on ne fait qu'une fois dans la vie, et
jamais je n'ai oublié, gentil chanteur d'une nuit
de clair de lune, que je te devais cette première
récompense du poète, ce premier rameau de laurier, qui a fait pleurer de joie ma vieille mère et
qui m'a donné pour toujours le courage et l'espérance!

Le revirement favorable de l'opinion dont je
parlais, je l'ai surtout constaté par l'accueil qu'a
reçu du public et de la critique mon dernier recueil intitulé : les *Récits et les Élégies*. Il est divisé
en quatre parties bien distinctes : les *Récits
épiques,* les *Mois,* l'*Exilée* et les *Jeunes Filles.*
J'insisterai seulement, si vous le voulez bien, sur
la première partie, parce qu'elle trahit un nouvel effort de mon esprit, et, fidèle à mon programme, je vais essayer de vous dire, mesdames
et messieurs, comment j'ai été amené à écrire ces
Récits épiques.

Comme vous avez pu vous en convaincre par
mes précédentes causeries, je suis avant tout un
poète moderne et même spécialement un poète

parisien. Les nombreuses poésies de ce genre
que je vous ai lues en offrent la preuve évidente,
et c'est dans mes promenades à travers la
grand'ville que j'ai rencontré mes meilleures
inspirations. Mais on ne peut pas toujours s'en
aller par les rues faire la chasse aux idées et la
chasse aux rimes. Les saisons inclémentes ne le
permettent pas. On se réfugie alors dans les musées et dans les bibliothèques, où tout vous parle
du passé, ou, plus souvent encore, on reste chez
soi, enfoui dans son fauteuil préféré, rôtissant sa
pantoufle aux tisons de son foyer, et tenant à la
main un livre qui, lui aussi, fait quelquefois rêver de temps anciens et de lointains pays. Or
je suis un grand liseur, et mon modeste logis
est tapissé de ces livres qu'un poète a si bien
appelés des amis froids, mais sûrs. Je suis aussi
un grand coureur de galeries et de musées; je
m'arrête même volontiers devant les devantures
de bric-à-brac, et de plus j'aime à compléter et
à fixer par une lecture l'impression que m'a
donnée un objet d'art ou de curiosité. C'est une
façon de s'instruire en s'amusant que je recommande à tout le monde. Voir d'abord; ensuite,
savoir. — En revenant d'une visite aux salles
égyptiennes du Louvre, je relis le charmant
Roman de la Momie, de Théophile Gautier, ou
les admirables paroles prononcées par Isis dans

la *Tentation de saint Antoine,* de Gustave Flaubert, et, le lendemain, pris du désir d'en savoir
davantage, je vais à la Bibliothèque feuilleter le
grand ouvrage de Leipsius ou parcourir les travaux de M. Mariette ou de M. Maspéro. Puis la
folle du logis se met de la partie. Pendant huit
jours je ne rêve plus que d'obélisques, d'hypo-
gées, de sphinx et de pyramides, de dieux à tête
d'épervier promenés en barque sur le Nil, de
Pharaons impassibles sur leurs trônes, les mains
sur les cuisses et coiffés de l'*uræus* sacré, et de
tous les mystères de l'Égypte antique. — En
sortant du musée de Cluny, où ma flânerie s'est
arrêtée devant une armure niellée et damasqui-
née d'or, j'ouvre volontiers Froissart ou Joinville, et me voilà parti pour les croisades, les
nobles pas d'armes et les grandes chevauchées.
— La méthode est excellente, je vous assure. La
vue d'un Bouddha de bois doré, avec ses deux
doigts levés pour bénir et ses yeux hypnotisés,
fait mieux comprendre le beau livre d'Eugène
Burnouf. Au souvenir d'un portrait historique,
s'éclaire et s'anime une page de Michelet ou de
Saint-Simon. Une statue grecque est complétée
par un chant d'Homère, un buste de Néron par
un livre de Tacite, et un primitif italien par un
évangile.

Ces courses dans le passé sont pour l'homme

11.

d'imagination la source de fécondes rêveries, et
ce sont elles qui m'ont inspiré cette suite de
courts poèmes historiques, de légendes concises
que j'ai osé intituler : *Récits Épiques*. J'ai longtemps hésité avant de m'engager dans cette
voie, où j'étais sûr de rencontrer à chaque pas
la trace du passage de Victor Hugo. Il y a peu
d'espoir de butin pour le chasseur dans les sentiers où il suit les empreintes du lion, et, dans
la *Légende des Siècles,* le prodigieux poète a
passé en revue toute l'histoire de l'humanité.
Mais on ne ferait jamais rien si l'on se laissait
décourager par les chefs-d'œuvre. Je me suis
donc mis bravement à la besogne, et j'ai composé mes brèves épopées en me disant que
dans les expositions de peinture on peut encore
regarder avec intérêt les petites toiles de genre,
placées au-dessous — bien au-dessous — d'un
splendide tableau d'histoire.

Avant de vous lire un choix de mes récits
épiques, permettez-moi d'insister, mesdames et
messieurs, sur la manière dont ils ont pris naissance et se sont peu à peu formés dans mon
esprit. Car on se représente trop volontiers le
poète comme un improvisateur, et on ne s'ima-
gine pas que ses vers lui coûtent beaucoup d'efforts. Le public apprend sans étonnement
qu'une poésie a été écrite en un jour, en une

heure même, mais il ne se rend pas compte de la longue préparation que cette poésie a d'abord subie dans le cerveau de son auteur. Certes, il est tout simple qu'un poète conçoive des fictions et les raconte en vers, mais il est tout simple aussi que ma montre marque l'heure et les minutes. Ouvrez-la cependant; examinez les menus ressorts, les rouages compliqués qui la meuvent, et vous serez saisis de surprise et de respect en pensant à la somme de travail que représente la délicate machine. Chacun de vous se rappelle, mesdames et messieurs, que, lorsqu'il était petit enfant, assis sur les genoux d'un indulgent aïeul ou de quelque ami de la famille, il retirait parfois du gousset du bonhomme un oignon de forme ancienne, qu'il se l'appliquait contre l'oreille pour en entendre palpiter le rapide mouvement, et, pris enfin d'un désir fou de connaître le secret qui animait cette boîte d'or, il s'écriait, en adressant un regard suppliant au vieil ami ou au grand-père :

— Fais voir la bébête!

Eh bien! c'est la même curiosité que je voudrais vous inspirer avant d'essayer de vous faire assister à la singulière incubation que la pensée subit dans le cerveau du poète avant d'avoir trouvé sa forme définitive.

Prenons en exemple, s'il vous plaît, cette

courte pièce intitulée : *Sennachérib,* que je vais
d'abord vous lire.

(Lecture de *Sennachérib.*)

. . . .

C'est un récit très laconique, vous le voyez ;
il n'a qu'une quarantaine de vers et ne semble
pas, au premier abord, m'avoir coûté beaucoup
de peine et de réflexion. Mais considérons un
peu comment l'idée m'en est venue.

Un jour, je traverse le musée assyrien, dans
les salles basses du Louvre. Je suis frappé par le
caractère colossal de cet art barbare et primitif.
J'admire ces taureaux à figure d'homme, déployant leurs ailes formidables sur le granit des
bas-reliefs, ces géants coiffés de mitres énormes,
à barbes tressées, qui étouffent des lions dans
leurs bras, et tous ces impérissables témoins
d'un des plus puissants empires qui aient existé.
Je sors de là rêvant de civilisations disparues,
de villes détruites, de races abolies. Je me rappelle une page de la Bible où j'ai entrevu, dans
le mystérieux lointain de la légende, ce roi de
Ninive, ce Sennachérib, qui apparaît là comme
une personnification monstrueuse des despotes
de l'antique Orient. Je relis le livre sacré, et,
mis en goût d'érudition, je feuillette les travaux
des assyriologues, j'épelle avec eux le grimoire

des inscriptions cunéiformes, où Sennachérib se
nomme Sin-Akki-Erib, le roi de Juda Ezéchias
Khaza-Kian, et Jérusalem Ursalimni. Et tout ce
passé tragique défile devant mes yeux. Que de
guerres, que de conquêtes, que de travaux, que
de splendeurs, que de crimes! Des cités immenses
sont rasées; des peuples entiers sont emmenés
en esclavage; de fabuleux trésors s'accumulent;
des monuments indestructibles s'élèvent; et
puis, un jour, cet homme qui a fait tant de victimes, ce tyran qui a ordonné qu'on coupât les
mains et qu'on crevât les yeux à des milliers de
captifs, ce monstre, enfin, est égorgé par ses
propres enfants! Et mon imagination s'exalte à
ce dénouement vengeur. Grâce à Dieu, il y a
donc quelquefois une justice! Cet être couvert
de sang et d'horrible gloire fut, du moins, haï et
châtié par les siens; il est tombé sous le fer des
parricides! et le dernier des esclaves que son
ordre cruel avait fait si odieusement mutiler
avait peut-être, lui, des fils pieux qui l'entou-
raient de respect et d'amour! Et voilà mon
poème conçu! Une fable et une idée morale
jaillissent à la fois de ce contraste! — Et ces
études dans les musées, ces fructueuses lectures,
ces longues rêveries ne m'ont pourtant servi
qu'à écrire ces quelques vers, ce conte d'un instant, dont je pourrais dire et dont vous pourriez

croire que, comme l'Oronte du *Misanthrope,* je n'ai mis qu'un quart d'heure à le faire.

Mais je ne dois pas trop m'attarder au plaisir de causer avec vous, et, maintenant que vous savez comment j'ai songé à écrire des récits épiques, il est temps que je vous en lise quelques-uns.

Voici d'abord un Évangile que vous ne trouverez, je vous en préviens, ni dans saint Jean, ni dans saint Mathieu, ni dans le volumineux recueil des apocryphes, car il est absolument imaginaire. J'aurais voulu qu'il donnât l'impression de ces fresques que de pieux moines, qui étaient aussi de grands artistes, peignaient jadis sur le cloître d'un couvent ou d'un *Campo-Santo* et qui ont gardé le calme de la foi et la douceur de la prière.

(Lecture de *Un Évangile.*)

. . . .

De Jésus au Bouddha, la transition est aisée. Ecoutez donc cette courte légende où j'ai tenté d'évoquer la mystique figure du Messie Indien.

(Lecture de *l'Hirondelle du Bouddha.*)

. . . .

Sautons quelques pages, c'est-à-dire quelques siècles, et arrêtons-nous au temps des croisades, si fertile en belles légendes. C'est cependant en vain que vous chercheriez celle que je vais vous lire dans les parchemins jaunis des vieilles chroniques; car elle ne m'a été inspirée que par la vue d'une épée de combat datant de cette héroïque et naïve époque.

(Lecture du *Jugement de l'Épée*.)

. . . .

C'est encore une épée, — hélas! cette buveuse de sang ne joue-t-elle pas le principal rôle dans cette longue tragédie qu'on appelle l'histoire? — c'est encore une épée qui va figurer au premier plan du poème intitulé : *Le Liseron,* épisode de l'horrible guerre des Hussites. Mais cette fois, du moins, la violence sera domptée par la douceur, le glaive sera vaincu par une fleur sauvage.

(Lecture du *Liseron*.)

. . . .

Quelques-uns de mes récits ont, comme vous le voyez, un certain développement. Je vous demande la permission de vous en lire encore un, que j'ai longuement rêvé devant les toiles splendides d'Eugène Delacroix et d'Henri Regnault. J'ai tenté d'évoquer dans ce poème un des monstres les plus magnifiques de l'histoire, Mahomet II, le vainqueur de Constantinople, et aussi cet Orient de l'Islam qui, pour moi, se résume en deux mots : du sang et du soleil!

(Lecture de *la Tête de la Sultane.*)

. . . .

Voici des spectacles bien sanglants et bien terribles. Hélas! on en trouve de pareils à chaque page de l'histoire de l'humanité. Cependant, sur cette misérable terre que, depuis son origine, nos crimes et nos folies arrosent de sang et de larmes, s'épanouissent aussi les fleurs adorables de l'amour et du dévouement. Nous irons, si vous le voulez bien, jusqu'au fond de l'Asie, au milieu de ces pauvres parias de l'Inde qui sont, comme vous ne l'ignorez pas, les êtres les plus malheureux et les plus injustement traités de toutes les sociétés humaines, afin d'y cueillir une de ces fleurs divines.

(Lecture des *Parias.*)

. . . .

J'espère, par les quelques fragments que je viens d'avoir l'honneur de vous lire, vous avoir donné une idée suffisante de ces *Récits épiques,* qui forment la majeure partie de mon dernier ouvrage. Je ne m'arrêterai pas sur les autres divisions du livre, les *Mois*, l'*Exilée* et les *Jeunes Filles;* car elles ne contiennent que des vers élégiaques, et je vous en ai déjà dit un assez grand nombre dans mes précédentes causeries. Je n'en détacherai pour vous qu'une seule pièce encore, celle qui clôt le volume; elle aura le mérite de contraster avec les scènes dramatiques que j'ai fait passer, ce soir, devant vos yeux, et nous permettra de nous séparer sur une plus douce impression.

(Lecture de *Prise de Voile.*)

. . . .

Me voici parvenu, mesdames et messieurs, à la fin de ces causeries où j'ai examiné devant vous l'ensemble de mes poésies. En entreprenant cette tâche, je ne me dissimulais pas tout ce qu'elle avait de scabreux et de délicat, car j'avais à éviter deux écueils aussi dangereux l'un que l'autre, la fausse modestie et la ridicule vanité. Votre bienveillance attentive et les témoignages si flatteurs de votre satisfaction que vous m'avez accordés généreusement me laissent supposer que j'ai su garder la mesure nécessaire et suivre le programme que je m'étais imposé et qui consistait tout simplement à parler de moi comme j'aurais parlé d'un autre. Le courant de sympathie qui s'est établi entre vous et moi m'a mis au cœur un lien si doux et si fort que je ne me décide à quitter cette place qu'avec l'espoir de la reprendre un jour. Voici bientôt la belle saison, qui va nous disperser tous; mais, quand le prochain hiver nous réunira de nouveau à Paris, je compte revenir m'asseoir dans ce fauteuil pour y causer avec vous de mes essais dramatiques comme je vous ai parlé de mes poèmes, et peut-être aussi pour vous donner la primeur de quelques ouvrages inédits que j'ai déjà en portefeuille ou que je termine en ce moment. Ce ne sont donc pas des adieux définitifs que je vous adresse; ils me causeraient un trop vif regret; et, en vous disant encore une fois : Merci! je suis heureux de pouvoir ajouter : Au revoir!

Paris

Promenades et Intérieurs

Paris

Promenades et Intérieurs

I

LES OISEAUX DE PARIS

L'OISEAU, de Michelet, est un livre délicieux et semble tout d'abord complet. J'y découvre pourtant une lacune. Michelet a observé, pendant de longs séjours à la campagne ou au bord de la mer, une grande quantité d'oiseaux. Il a étudié les mœurs de beaucoup d'autres, soit dans les jardins zoologiques, soit dans les ouvrages spéciaux, et il pouvait penser qu'il ne restait plus rien à dire à ce sujet.

Eh bien! il manque un chapitre à son livre ou, plutôt, un chant à son poème. Est-ce oubli? Est-ce dédain? toujours est-il qu'il a négligé tout un peuple d'oiseaux, ceux des villes, ceux de Paris en particulier, et que c'est grand dommage, car ils méritaient d'attirer l'attention d'un tel observateur.

Il y en a de deux sortes : les captifs et ceux qui vivent en liberté.

Pour les premiers, on éprouve surtout la pitié qu'inspirent toujours les prisonniers et les esclaves. Ces serins des Canaries, dans leur riche volière, cette pie, dont on a coupé l'aile et qui sautille sur les pavés d'une cour, devant la loge d'un concierge, ce cacatoès, sur son perchoir, avec une chaîne à la patte, on les plaint comme captifs, bien qu'ils soient des captifs gavés, choyés, et que sans doute ils ne renonceraient pas volontiers à leur servitude.

De plus, ils se rendent insupportables à beaucoup de gens. Je connais des personnes qui les jugent avec sévérité. Le ramage des serins est monotone, à la longue, et finit par assourdir. La pie, dont le plumage, blanc et noir, fait une si jolie tache sur le ciel, se transforme, quand elle ne vole pas, en un vilain petit oiseau de proie, jetant des cris affreux et sans cesse prêt à mordre. Quant au perroquet, malgré la splendeur de sa parure il est d'aspect rébarbatif et antipathique et apparaît à certains comme un méchant et dangereux animal, dont l'œil stupide ressemble à un bouton de culotte, dont le bec, courbe et dur comme du fer, menace quiconque l'approche d'une blessure cruelle, et qui, quoi qu'on en dise, imite fort mal la voix humaine.

En général, il est vrai, il pousse un cri strident ou grommelle des sons inarticulés. Mais allez donc persuader cela à la vieille dame dont il fait les délices ! Au moment même où il vient de pousser sa rauque clameur ou de bredouiller on ne sait quoi d'inintelligible, elle attire votre trop distraite attention sur ses talents oratoires.

« Écoutez, dit-elle, avec quelle facilité d'élocution il prononce *Papa* ou *As-tu déjeuné Jacquot* ?

Si vous voulez toute ma pensée, je trouve cela plus touchant que ridicule. Le plus souvent, en effet, les oiseaux domestiques animent la solitude de gens qui, sans eux, seraient plus seuls encore.

Dans une rue de mon voisinage, je me suis parfois amusé d'un sansonnet, suspendu dans sa cage d'osier, à l'échoppe d'un savetier révolutionnaire, et qui, pour flatter les passions politiques de son maître en train de marteler une empeigne, lui siffle, de quart d'heure en quart d'heure, les premières notes de l'*Internationale*.

Quant à la vieille dame de qui je raillais un peu la partialité en faveur de son perroquet, elle n'entendrait pas trois paroles par jour, reléguée dans son fauteuil de valétudinaire, sans la présence de ce familier qui lui donne l'illusion d'une compagnie intelligente.

Pauvre femme! Elle a vécu jadis de la vie de tout le monde. Elle a eu la jeunesse, l'espoir, la famille, les mille joies, les mille intérêts, les mille tourments de l'existence. Et, peu à peu, tout s'est écroulé autour d'elle, tout a disparu. Ayant sauvé juste assez d'argent pour ne pas mourir de faim, elle finit ses jours après la mort des siens, résignée mais si triste.

Comment voulez-vous que mon sourire ne se mouille pas d'une larme devant l'affection qu'elle a vouée au dernier compagnon de ses heures douloureuses, à ce perroquet qui, dans la pénombre de son déclin, met l'animation de sa voix enrouée mais coutumière, l'illusion humaine de son regard hébété mais vivant?

Ah! qu'elle serait ravie par l'anecdote suivante. J'ai connu, au Havre, un perroquet rapporté à l'une de mes parentes par son mari, capitaine au long cours, dont le trois mâts faisait

un service régulier pour les Antilles. Au début,
ce perroquet fut pareil au célèbre Vert-Vert et,
comme le héros du poème de Gresset, ne cessa
de répéter les commandements de marine, jetés
par les officiers pendant la manœuvre, et les ju-
rons de l'équipage : — Amurez la misaine! ou
une série de N. de D.... Il se corrigea pourtant
et, dans l'atmosphère calme de la maison où il
vivait, devint un oiseau parfaitement élevé.
Bientôt il appelait, avec un singulier accent de
tendresse, les petites filles de la famille par leur
petit nom, et quand je fis sa connaissance c'é-
tait vraiment un perroquet de la meilleure compagnie, un parfait gentleman.

Soyons cléments aussi pour le chardonneret
qui accompagne de sa chanson discrète le bour-
donnement de la machine à coudre sur laquelle
se tient penchée, du matin jusqu'au soir, cette
ouvrière, jeune celle-ci, mais seule pourtant
comme la vieille dame, et dont le gazouillis
berce les rêves.

Vieux sentimental que je suis, je consens de
tout mon cœur à ce que « Jenny l'ouvrière » ne
se borne pas aux pots de fleurs ou au cadre de
volubilis qu'elle cultive sur la fenêtre de sa
mansarde et qu'un oiseau chéri, dans sa cage,
soit traité par elle avec tous les soins les plus
tendres, qu'il ait en abondance le grain préféré,

une petite baignoire spéciale emplie d'eau pour
y rafraîchir son plumage, un os de seiche pour
affiler son bec.

Dans un ancien mélodrame de Félix Pyat, aujourd'hui désuet, le *Chiffonnier de Paris,* une
pauvre ouvrière séduite par un scélérat d'aristo-
crate, bien entendu, — en pourrait-il être autre-
ment sous la plume du farouche professeur de
barricades? — est sur le point de s'asphyxier à
l'aide du classique fourneau à charbon dont le
magasin d'accessoires de l'Ambigu et de la
Porte-Saint-Martin était, à cette époque, soigneusement pourvu. Elle a, sur sa fenêtre,
comme il convient, des pots de fleurs et un
bouvreuil en cage. Or, avant d'allumer le fatal
réchaud, avant de fermer et de calfeutrer sa
croisée, elle dit adieu à son jardin suspendu et
ouvre la cage du bouvreuil en s'écriant :
« Fleurs, survivez-moi! Et toi, petit oiseau, sois
libre! »

Riez de moi tant que vous voudrez, ces
choses-là m'attendrissent. Je suis la dernière gri-
sette.

Néanmoins, d'une manière générale je suis
tout à fait opposé à la captivité des oiseaux, car
elle est parfois accompagnée de tortures. J'ai
connu notamment une dame sans pitié qui
tenait des rossignols en esclavage et qui leur

faisait crever les yeux, obéissant au préjugé stupide qui affirme que les rossignols aveugles exécutent mieux que les autres leurs prodigieuses vocalises.

Mais assez parlé des oiseaux captifs. Ceux qui, surtout, eussent été dignes de tenter la plume de Michelet, et dont je voudrais dire ici quelques mots, — *si parva licet...* — ce sont ceux qui vivent en liberté dans la grande ville. Oh! combien la bonne hospitalité qu'elle leur offre était faite pour attendrir ce grand ami du peuple ailé!

Tout paradoxal que cela puisse paraître au premier abord, une capitale est, pour l'oiseau, un asile plus sûr que la plaine ou que la forêt. Il y trouve plus aisément sa nourriture. Il n'y craint pas le plomb du chasseur.

Parlons d'abord des hirondelles. A Paris elles sont innombrables. Elles y choisissent de préférence, pour bâtir leur nid, les vieilles constructions, et la caserne de Babylone, par exemple, voisine de mon logis, en abrite un grand nombre chaque année.

Quand je les vois tournoyer dans le morceau de ciel que, Parisien favorisé, j'ai encore devant les yeux, je suis certain que les beaux jours sont proches. Je ne doute pas, au contraire, que le mauvais temps soit imminent lorsque, à la fin de l'automne, je les vois s'assembler dans l'espace et se livrer à des exercices compliqués, à des formations savantes, à mille préparatifs en vue du lointain voyage.

La vie, les habitudes, on pourrait dire la psychologie des hirondelles, a fait l'objet de nombreuses études. On leur prête des coutumes assez féroces. Ne prétend-on pas qu'avant de partir elles tuent, à coups de bec, celles d'entre elles qui ne sont pas en état de voyager, manière un peu bien radicale de leur épargner les fatigues de l'azur?

Est-ce vrai? Ce serait un exemple nouveau de la férocité de la nature, et Michelet, je pense, n'aurait pas insisté sur cette manifestation de l'instinct primordial.

Hélas! l'*alma mater* est, trop souvent, une marâtre. J'ai lu quelque part que le rossignol — dont je décrivais tout à l'heure le misérable sort quand il est en captivité — à l'état libre ne chante que pour éloigner je ne sais plus quel oiseau de proie qui, sans cesse, menace les œufs que la femelle est en train de couver, au printemps. Ainsi ces notes si pures, ces harmonieux soupirs, ces roulades folles qui nous émeuvent et nous charment délicieusement ne seraient qu'une succession de cris d'effroi! Ah! la science — même l'ornithologique — est une terrible et décevante personne quand on prend ses leçons au pied de la lettre.

Pour moi, je m'obstine, d'accord avec tous les poètes, à considérer le rossignol comme un amoureux et un musicien de génie : Roméo qui serait en même temps Mozart.

Si la réalité n'est que laideur, détournons un peu nos regards de la réalité pour les porter sur des images moins affreuses. Et, lorsque nous observons les randonnées des hirondelles dans le ciel déjà embrumé d'automne, songeons seulement aux pays merveilleux vers lesquels elles vont émigrer, et représentons-nous le tourbillonnement de leurs ailes frôlant les pyramides d'Égypte ou les frises du Parthénon.

Les pigeons ramiers sont aussi très nombreux à Paris. Étant de naturel peu sauvage, ils font leur nid dans les arbres de nos jardins publics, aux Tuileries, au Luxembourg, au Jardin des Plantes. Assurément, ils préféreraient moins de va-et-vient autour d'eux, une intimité plus tranquille, et quand ils peuvent découvrir un coin à l'écart ils y élisent domicile avec joie. C'est ainsi qu'ils pullulaient dans l'espèce de forêt vierge en miniature qui avait poussé sur le quai d'Orsay, jadis, parmi les débris calcinés de la Cour des Comptes, sinistre souvenir des incendies de la Commune.

*
* *

Flâneur endurci que je suis, j'ai très souvent observé les pigeons ramiers dans cet endroit sauvagement poétique et qui, en plein mouvement parisien, réservait au curieux de pittoresques surprises.

J'ai fini par me rendre compte que la solitude du lieu et son aspect farouche n'étaient pas les seules raisons qui attiraient là les pigeons. A côté de ces ruines, en effet, se trouvait, alors, le quartier Bonaparte, une caserne de cavalerie où logeait un régiment avec ses chevaux; et les dragons avaient pris l'habitude, pour se distraire, de jeter chaque jour, dans la rue de Poitiers qui séparait leur mur des décombres de l'ancien palais dévasté, quelques poignées de grains. Et, m'étant plus d'une fois diverti devant ce repas offert aux pigeons par les soldats, je me demandai, avec une sympathique inquiétude, dès le commencement des travaux de la nouvelle gare d'Orléans, ce que ces pauvres oiseaux allaient devenir. Je doute fort qu'ils aient trouvé un gîte aussi agréable et une table aussi bien servie.

Oui, Paris est particulièrement accueillant
pour les oiseaux. Je regrette vraiment la belle
page que Michelet aurait pu écrire sur nos hirondelles migratrices, qui se plaisent tant, semble-
t-il, dans les cités d'art et de pensée et ne se
consolent de quitter Paris, lorsqu'elles en sont
chassées par les frimas, que parce qu'elles vont
à Athènes. Comme il eût bien parlé aussi de
nos merles, si dodus, si fringants, et dont l'harmonieux concert domine même le tapage de la
rue. Et nos moineaux si gais, si amusants, familiers jusqu'à l'effronterie avec les passants, s'en-
volant sous les pas des chevaux, se mêlant, pour
ainsi dire, aux jeux des enfants du faubourg!
Quelle joie pour le bon Michelet de nous les
montrer, heureux et libres, dans l'immense Paris,
ces gavroches ailés, ces gamins du ciel!

*
* *

Mais, pendant que j'y suis, pourquoi ne racon-
terais-je pas ici les relations très intimes qu'un
bon hasard m'a permis d'entretenir avec le
peuple ailé de la grande ville?

Cela remonte au temps de ma jeunesse, au
bon temps, comme a dit je ne sais plus qui, où

j'étais si malheureux. Malheureux ? Non pas, mais fort pauvre, ce qui est bien différent. Il ne faudrait point me pousser beaucoup pour me faire avouer que je regrette ces lointaines années où je sentais rarement deux écus se frotter l'un contre l'autre dans mon gousset, mais où mes rêves de jeune poète étaient pleins d'étoiles. Et personne, je l'espère, ne contestera la supériorité d'un astre sur une pièce de cent sous.

Or, en ce temps-là, je demeurais à Montmartre, avec ma mère et ma sœur, dans un étroit logement dont j'occupais la plus petite chambre. Quatre pas de long sur trois de large, un lit, une table avec « tout ce qu'il faut pour écrire », une chaise, des livres sur une planche. Vous voyez d'ici l'étroit décor. La fumée de deux cigarettes suffisait pour y créer un brouillard aussi intense que le « fog » des bords de la Tamise. Grand fumeur, j'ai écrit mes premiers poèmes enveloppé d'un nuage, ainsi que faisait Jupiter pour se livrer à des plaisirs moins innocents.

Dans les beaux jours, par exemple, cette chambrette — j'allais dire cette cellule — devenait délicieuse; car je n'avais qu'à ouvrir la fenêtre pour me trouver — positivement — dans l'intérieur d'un grand arbre, d'un orme magnifique, qui eût été digne d'ombrager, sur une grande route, le « pavé du roy », et qu'on avait respecté — je me demande par quel heureux oubli — dans cet encombrement de maisons à cinq étages, à une portée de fusil de la place Pigalle.

Vous devinez bien que cet arbre exceptionnel était habité. Quel ramage! Il y avait là toute une république de pierrots. Leur effronterie est célèbre, et ils ne se gênaient pas, je vous prie de le croire, pour ce paisible voisin installé à sa fenêtre, devant une feuille de papier, et se grattant seulement la tête, de temps en temps, avec le bout de bois de son porte-plume, quand il cherchait une rime. J'ai donc pu, de très près, observer leurs mœurs, qui, dès le début du printemps, sont scandaleuses. Alors, j'assistais à leurs rapides caresses, que voilait à peine le jeune et grêle feuillage d'avril, et tout le grand orme frémissait d'amour. Bientôt des nids se suspendaient à toutes les fourches du branchage. Je voyais construire ces nids, et c'est ainsi que j'ai pu constater que ceux des oiseaux des villes ne sont pas tout à fait pareils à ceux des oiseaux de la campagne, qui sont uniquement faits de débris végétaux. Le moineau de nos faubourgs ramasse et emploie toutes sortes de matériaux pour bâtir sa fragile demeure. Chiffonnier délicat, ayant son bec pour crochet, il ne laisse pas perdre le bout d'étoffe

coupé par les ciseaux de la couturière, le petit
morceau de ruban jeté par la modiste. Le pier-
rot de Paris profite de ce qu'abandonne sa gen-
tille compatriote — le trottin — qui lui ressemble par sa vive et légère allure.

Oh! quelles bonnes heures j'ai passées, dans
l'intérieur de mon arbre, avec mes moineaux!
Leur continuel « cuik cuik » ne m'empêchait
nullement de travailler. N'y a-t-il pas, au contraire, un harmonieux accord entre la musique
qui murmure dans le cerveau d'un poète et le
concert des oiseaux? C'est en écoutant mes
moineaux de Montmartre que j'ai écrit le *Passant*, et je me reproche aujourd'hui de les avoir
effarouchés quelquefois, quand, dans le feu de
la composition, je me levais brusquement et dé-
clamais à voix haute mes vers — qui ne valaient
pas leurs chansons.

D'ailleurs, j'étais prédestiné, il faut le croire,
à toujours vivre familièrement avec les oiseaux
parisiens; car, dans mon logis actuel, où j'habite depuis un quart de siècle, j'ai sous les yeux
un vaste jardin, qui, comme le vieil orme témoin de mes jeunes années, est enchanté, lui
aussi, dès le premier sourire d'avril, par les
gazouillements et les frissons d'ailes.

Mais maintenant je n'ai plus pour seuls camarades des moineaux plébéiens, des pierrots de

la rue. J'ai fait des connaissances plus distinguées dans le monde volant, je suis entré en relations avec l'aristocratie aérienne — et principalement avec des pinsons et des merles.

Merles! Pinsons! Ces deux mots suffisent, n'est-ce pas? pour évoquer toutes sortes d'idées bucoliques et de sensations champêtres; et vous vous demandez, je suppose, comment il est possible de se les procurer en plein Paris, tout près du *Bon Marché*.

C'est ainsi, pourtant. Dans ce coin privilégié du faubourg Saint-Germain, très « vieille France », plein d'hôtels et de couvents, on trouve encore des jardins, que dis-je? des parcs dans le goût de Le Nôtre, avec boulingrins et charmilles, dont le terrain vaut plusieurs centaines de francs le mètre. Immobiliser un tel capital pour le plaisir de cueillir quelques roses et d'entendre chanter quelques oiseaux, à la bonne heure! Voilà ce qui peut s'appeler du luxe. Il y a quelques mois à peine, tout près du boulevard des Invalides, des vaches paissaient dans une prairie; et j'ai connu aussi, dans les mêmes parages, un verger dont chaque poire — étant donné le prix du terrain — représentait bien une valeur de deux ou trois louis. On m'en a offert quelques-unes; elles étaient immangeables.

C'est un de ces jardins — et non l'un des plus grands — que je vois, sans même me lever de mon fauteuil de travail, et dans lequel, grâce à la courtoise hospitalité du propriétaire, je puis, quand il me plaît, faire les cent pas. Il est plein d'oiseaux, et, je le répète, d'oiseaux virtuoses, qui, au printemps, exécutent leurs vocalises comme à l'orée d'un bois ou sur les bords d'une rivière, sans avoir l'air de se douter qu'à une centaine de mètres de là tout au plus la rue pousse sa clameur assourdissante et que la corne du tramway jette ses gémissements plaintifs.

Ce terrain qui, à notre époque, vaut une fortune, a, depuis trente ans que j'habite la maison, passé en différentes mains. J'ai eu, si je peux parler ainsi, plusieurs propriétaires tués sous moi. L'un d'eux — alors le jardin n'était qu'un enclos presque campagnard — y cultivait des arbres fruitiers, poiriers, cerisiers, qui lui donnaient des fruits détestables, mais auxquels son amour-propre d'horticulteur attachait le plus grand prix. Aussi était-il l'ennemi irréconciliable des oiseaux, qui les abîment en les becquetant, et en particulier des merles.

Il leur faisait une guerre acharnée, disposant des pièges de toute sorte, et, quand ces engins ne suffisaient pas, les tuant à coups de fusil.

Mais il se trouvait qu'un de nos voisins, au contraire, aimait jusqu'au dilettantisme le concert donné par les oiseaux. Charmé par les merles et révolté par la cruauté et les mœurs barbares du jardinier-propriétaire, il employa tous les moyens pour arrêter le carnage.

Persuasion, menaces, rien n'y fit. Le massacre impitoyable et régulier continuait. Alors, en désespoir de cause, il s'avisa d'un stratagème homéopathique, pour ainsi dire.

Ah! tu veux tuer des merles, mon gaillard? Eh bien! nous allons voir!

Un matin il s'en alla, mystérieux et souriant, jusqu'au quai de la Mégisserie, chez un marchand d'oiseaux, et, tremblant de joie, de cette joie mauvaise que procure la vengeance, il acheta tous les merles qu'il put trouver, les fit mettre dans une cage, et les rapporta chez lui. Puis, le soir, furtivement, il les lâcha dans le jardin.

Le féroce horticulteur ne se découragea pas. Il doubla le nombre de ses pièges et brûla toute sa poudre. Le voisin recommença son manège. Tant et si bien que l'amateur de cerises aigres et de poires caillouteuses y renonça. Désolé mais désormais inoffensif, il raccrocha sa carabine et négligea ses pièges.

Ce qui l'étonna le plus, d'ailleurs, c'est qu'à

13

partir de ce moment les oiseaux destructeurs, au lieu d'augmenter, diminuèrent. Il n'a jamais pu savoir pourquoi.

Néanmoins il y a tout de même quelques différences entre ces oiseaux citadins et leurs frères campagnards. D'abord ils sont beaucoup moins sauvages, acceptent bien plus volontiers le voisinage de l'homme. Je vois les merles noirs bottés de jaune sautiller à quelques pas devant moi, dans les allées, sans donner le moindre signe d'inquiétude. Par contre, ces chanteurs ont perdu, dans le séjour de la ville, une partie de leurs moyens artistiques. Le pinson, notamment, interrompt aux deux tiers, sans l'achever, sa phrase musicale, toujours la même, mais si preste et si gaie.

N'importe, ils sont charmants ainsi, et je les aime. C'est une de mes terreurs qu'on ne remplace, un de ces jours, par une maison de rapport du dernier « cri », avec ascenseur et lumière électrique à tous les étages, les trois peupliers sur lesquels mes oiseaux se donnent rendez-vous au coucher du soleil pour confondre leurs voix en un ramage général et faire, comme disent les bonnes gens, leur prière du soir.

Si ce malheur m'arrivait, je n'aurais d'autre ressource, pour entretenir mon commerce d'amitié avec les oiseaux parisiens, que de m'en aller au Luxembourg et aux Tuileries, avec un gros morceau de pain dans la poche, et de tâcher de les apprivoiser en leur jetant des miettes. Charmeur d'oiseaux? Pourquoi pas? Ce serait un passe-temps tout à fait convenable pour un vieux monsieur, et je me vois très bien, après tout, dans un jardin public, devant quelque piédestal, faisant des avances à un pigeon ramier posé sur l'épaule de l'Hercule Farnèse ou à une famille de moineaux rangés sur le bras tendu du Gladiateur combattant.

Mais je m'arrête, car j'aurais l'air de vouloir compléter le beau livre de Michelet par cette page sur les oiseaux de Paris, et mon humble prose ferait ici le détestable effet de la main toute neuve dont un maladroit sculpteur enlaidit une statue antique. La page manque, dans Michelet. Tant pis. Il n'y a qu'à dire : C'est dommage, et à se souvenir que les esprits de flamme, les artistes inspirés, sont sujets à ce genre d'oubli. Il y a presque toujours une partie inachevée dans les marbres de Michel-Ange.

II

MON JARDIN

Vers sept heures du soir, — il fait encore grand jour à sept heures, au mois de mai, — je regagne mon logis au fond du faubourg Saint-Germain. Sachez qu'il est charmant : un rez-de-chaussée entre cour et jardin, dans une maison qui respire toute la mélancolique poésie de la province. Je fais là, en compagnie de ma sœur, de l'excellente et bien-aimée compagne de ma vie, un frugal dîner, commençant par le bon potage bien gras, servi dans des assiettes à fleurs, et finissant par le café parfumé, comme on ne peut l'obtenir qu'après de longues expériences. Puis je vais fumer une cigarette — on me doit cet axiome : « La cigarette est la récompense du dîner » — dans mon petit jardin. Petit jardin, oui, mais enclavé dans de grands jardins, entouré d'un verger magnifique, et d'où l'on peut voir un vaste espace de ciel.

Je passe là une heure exquise de rêve et de flânerie.

Le soir tombe, et dans un ciel couleur de turquoise malade, de turquoise un peu pâle, les souples hirondelles passent et repassent continuellement en poussant leur petit « cuik ». Hirondelles et martinets abondent dans ce coin de faubourg perdu. Il y a là, pour leurs nids, les grands et anciens murs de la caserne de Babylone, et les oiseaux migrateurs y reviennent fidèlement, chaque année, sans prendre garde aux roulements de tambours et aux appels de clairons. Donc, bien à mon aise, ayant mis une vieille veste de chambre et des pantoufles assouplies par l'usage, je fume, dans mon jardinet, la délicieuse cigarette d'après dîner, et je suis, dans le ciel pur et laiteux d'un beau soir de printemps, le vol palpitant ou planant des rapides hirondelles.

Et puis je goûte les délicates voluptés du Parisien qui jouit, à lui tout seul, d'un morceau de terrain où il y a des fleurs et des feuilles. J'examine, avec un puissant intérêt, mes quelques rosiers, constatant avec chagrin que le

« William Allen » et la « Gloire de Dijon » sont fort malades, mais me consolant devant les petits francs-de-pied et le « Sultan de Zanzibar » qui donnent de sérieuses espérances. Si les silènes et les myosotis sont défleuris, si les giroflées ont perdu leurs gerbes d'or, le massif des pensées, des jolies pensées, qui ont un regard et un air humain, presque un visage, resplendit, et sur le kiosque de chaume qui rappelle les étables « rustiquées » du « Jardin des Plantes » la vigne vierge tord gaiement ses vrilles capricieuses. Autour de la fenêtre de mon cabinet de travail a grimpé la végétation dont je puis dire, comme Rousseau :

« Je l'ai plantée, je l'ai vue naître. »

Les rosiers de muraille sont bien chétifs, sans doute ; mais, pour la première fois depuis trois ans, ils ont cependant quelques boutons ; et les chèvrefeuilles vont éclore, et la clématite a déjà ouvert ses blanches étoiles, d'où jaillit une aigrette légère.

Oh ! la bonne soirée ! Mon modeste carré de fleurs, de verdure, — jardin de curé ou d'invalide, — et le grand verger qui l'entoure et que je possède par le regard embaument, sentent la terre arrosée et la feuillée nocturne. Dans le ciel assombri, d'un ton d'acier, mais où ne passe point une brise, les premières constellations ouvrent leurs yeux clignotants; et, baigné par cette rafraîchissante atmosphère, m'amusant à voir le foyer de ma cigarette devenir plus lumineux au fur et à mesure que le crépuscule tombe, je songe vaguement que la vie est douce et qu'il est bien agréable d'habiter, à quelques portées de fusil du *Bon Marché,* un asile aussi retiré, aussi paisible, où l'on peut s'imaginer qu'on est en pleine nature, puisqu'on y respire des fleurs et qu'on y contemple tout le ciel du Nord, où s'allument l'étoile polaire et les sept astres de la Grande Ourse.

Mais alors les horloges d'alentour — celles de la caserne et des trois ou quatre couvents voisins — sonnent huit heures, l'une après l'autre, et me rappellent que ma récréation est finie et que le devoir, l'implacable devoir, me réclame.

Il faut remonter les marches du perron, fermer la porte-fenêtre au nez des étoiles et, pour plus de précautions, tirer le rideau, rentrer dans la chambre tapissée de livres, dans ma « librairie », comme on disait autrefois, allumer la lampe des longues veilles, m'asseoir devant cette table sur laquelle j'ai écrit tant de pages, et travailler...

III

UN PAON

Mon jardinet parisien est en train de faire sa toilette printanière. Les bourgeons s'ouvrent; les petites feuilles d'un vert si frais, si pur, — oh! à en pleurer d'attendrissement! — apparaissent de tous les côtés. Voici même les premières fleurs. Les jacinthes commencent à montrer le bout de leur nez, et j'aurai bientôt des tulipes. De plus, comme il n'y a pas de bonne fête sans un peu de musique, les moineaux me donnent un concert, et, dominant leurs grêles et joyeux « couic-couic », un brave baryton de merle chante son grand air de tout cœur.

Cependant la verdure est bien jeunette, le

printemps n'est encore qu'à l'état d'espérance, et la parure extraordinaire de mon petit jardin, en ce moment, c'est un paon du voisinage, qui a le caprice de passer chez moi toutes ses journées et qui, pendant que j'écris ces lignes, est là, sous mes yeux, à trois pas de ma fenêtre ouverte, et fait la roue à chaque instant, et ne se lasse pas de tirer, en mon honneur et pour moi tout seul, son feu d'artifice de pierreries.

Ce merveilleux oiseau a pour domicile un beau et grand jardin tout proche du mien, mais, par une préférence que je ne m'explique pas quoique j'en sente tout le prix, c'est dans mon petit coin qu'il se plaît, et pas un jour il ne manque de me faire son éblouissante visite.

Buffon, qui a écrit sur l'oiseau de Junon une page où se déploient toutes les pompes de son style, assure que le paon jouit des hommages rendus à sa beauté, qu'il est sensible à l'admiration, que le vrai moyen de lui faire étaler ses plumes, c'est de le regarder, de lui adresser des paroles caressantes et louangeuses, et qu'au contraire, si l'on ne fait pas attention à lui, il replie tous ses trésors et les cache à qui ne les sait point admirer.

Depuis que j'ai l'avantage de vivre dans l'intimité d'un paon, je suis tenté de croire que Buffon, en se faisant d'ailleurs l'écho d'une ob-

servation fort ancienne, ne nous a pas trompés
et qu'un instinct de vanité existe, en effet, chez
le splendide gallinacé. Je n'ai pas remarqué, par
contre, qu'il eût honte de lui-même et se cachât
à tous les yeux — comme le prétend aussi
l'homme aux manchettes — dans la saison où
il est dépouillé de sa riche parure. L'automne et
l'hiver derniers, ce paon honorait déjà mon petit jardin de sa préférence. Il ne traînait pas
alors derrière lui, avec la majestueuse allure d'un
roi, son long manteau d'or criblé d'émeraudes,
mais bien un affreux paquet de baleines grises,
qui ressemblait pas mal à la carcasse d'un vieux
parapluie; et je dois dire qu'il n'en paraissait
nullement humilié et qu'il ne manifestait pas le
moindre embarras.

Quant à la joie orgueilleuse de faire le beau
et d'exciter l'admiration, elle est manifeste. Je
crois même que le paon, mon ami, n'a abandonné son grand jardin que parce qu'il y était
seul la plupart du temps, et qu'il ne s'est installé sous mes fenêtres que parce qu'il recueille,
en ce lieu favorable, les hommages qui lui sont
dus. Il sait très bien, j'en suis persuadé, que,
moi et les personnes de mon entourage, nous
apprécions comme elle mérite d'être appréciée
la fête qu'il donne à nos yeux. Chaque fois qu'il
fait la roue, tout le monde à la maison, sans

excepter les servantes, le contemple, s'extasie, lui dit avec une conviction enthousiaste : « Oui... tu es beau ! »

Convenez que c'est flatteur, pour un paon comme pour un homme.

Aussi, il faut voir comme il est content, et quel mal il se donne, et comme il fait des grâces ! Il érige sa tête, agite son aigrette, gonfle son col de lapis-lazuli, piétine et se dresse sur ses ergots. Puis il secoue ses ailes, ses admirables ailes à la double série de plumes, les unes fauves, les autres pareilles à celles du faisan ; et voici que son manteau féerique — sa longue queue où se confondent la mer glauque, le ciel bleu, le soleil, la lune et tout le firmament — palpite, se gonfle, se développe dans un long frémissement, et voici qu'il triomphe enfin, le royal oiseau, au centre de son écran de lumière, parmi les couleurs de tous les arcs-en-ciel, de toutes les orfèvreries, de toutes les pierres précieuses, de toutes les fleurs, de toutes les étoiles !

Ne me dites pas que nous sommes dans la saison des amours, que c'est plus fort que lui, qu'il fait toutes ces belles choses sans le vouloir. J'ai beaucoup vécu au milieu des gens de théâtre, et je sais ce que c'est qu'un acteur, entrant par la porte du fond, qui veut faire de l'effet et rendre rêveuses les dames des baignoires et des avant-scènes. — Je m'y connais en cabotins : le paon en est un.

Oh! oui, c'est un comédien; et il ménage, il fait désirer tant qu'il peut son effet d'éblouissement. Quand il commence à faire la roue, c'est toujours, d'abord, en tournant le dos au public, comme s'il avait pris des leçons d'Antoine au Théâtre-Libre. Et ce n'est qu'après une longue pause qu'il se met à volter tout doucement, tout doucement, sur lui-même, par de légers déplacements des pattes, et qu'il foudroie enfin les spectateurs de ses cent yeux d'or et de saphir.

Oui, c'est un comédien, et j'ai bien le sentiment qu'il me considère comme un simple public. Quand je suis seul à le regarder, il me semble même qu'il se donne déjà moins de peine, qu'il n'emploie pas tous ses moyens, comme s'il n'avait devant lui qu'une demi-salle. Mais qu'un ou deux amis arrivent, et tout de suite il se surpasse.

J'en prends à témoin Léon Dierx, qui l'a tant admiré il y a quelques jours. Mon paon a déployé pour lui toutes les coquetteries de Célimène, et jamais il n'avait mieux joué de son radieux éventail. Je me hâte d'ajouter qu'en s'efforçant de charmer l'excellent poète et le très pur artiste qu'est Léon Dierx, l'oiseau n'a fait que son devoir.

Malgré ses excusables habitudes de cabotinage, j'ai donc pris en affection ce paon qui a bien voulu me demander l'hospitalité et dont la somptueuse personne transforme mon jardinet d'invalide en un coin de parc seigneurial. Des camarades pessimistes me disent bien que j'ai tort de tolérer là cet animal destructeur, qu'il va saccager mes pauvres plates-bandes, que je n'aurai pas une rose l'été prochain; et ils s'étonnent encore que je supporte ses cris désagréables. Mais je reste plein d'indulgence pour mon admirable visiteur. Il peut faire tous les dégâts qu'il voudra et crier sans cesse d'une voix stridente : « Léon!... Léon!... » comme s'il voulait évoquer la grande ombre de Gambetta et rallier les opportunistes en déroute. Je lui pardonne tout d'avance, en faveur de sa beauté.

Et puis la vue d'un paon est essentiellement philosophique et inspire de saines réflexions. En prodiguant tous ses trésors, par le plus arbitraire des caprices, à ce seul oiseau, la nature semble nous enseigner que la justice n'est pas de ce monde et que nos rêves d'égalité sont bien chimériques. C'est sans doute fort immoral, mais la prestigieuse apparition d'un paon justifie tous les luxes et toutes les aristocraties.

Qu'on ne prétende pas que la collectivité des oiseaux pourrait se partager ses richesses et se parer de son plumage. Le geai a déjà fait une tentative de ce genre, et cela ne lui a pas réussi.

IV

BEAU DIMANCHE

Allons voir le peuple. Il n'est pas loin. Je loge au faubourg. C'est une de mes plus chères habitudes de me plonger dans la foule des petites gens. De là j'ai rapporté plus d'un conte, plus d'un poème. Aujourd'hui, précisément, j'ai besoin de voir des visages sincères, de surprendre, au passage, quelques paroles naïves. Car hier je suis allé dans le monde. Un poète symboliste a récité des vers de treize pieds sans césure, destinés à donner « l'évocation » d'une femme jouant du violon au clair de la lune, sans que les mots *femme, lune* et *violon* fussent prononcés, ce qui est le fin du fin. De plus, la jolie morphinomane à qui j'ai fait un brin de cour m'a condamné, pendant une heure, à l'utile et salutaire exercice de couper des cheveux en quatre. En m'échappant de cette fête de l'intelligence et du cœur, j'avais un tel besoin de naturel, de simplicité, que, sur ma parole! j'aurais été très heureux de faire une partie de tourniquet devant le comptoir avec un ouvrier qui m'aurait parlé de son métier. Allons voir le peuple. Allons prendre un bain de vérité. C'est aujourd'hui dimanche et il fait beau. Allons flâner dans le quartier populaire.

*
* *

Bonjour, soleil! Fleurissez-vous, mesdames! Saint Martin nous a gâtés, cet hiver. Il prolonge son printemps tardif, et la foule endimanchée brille et s'agite dans le bien-être du rayonnant après-midi. Au coin de la rue, la chaude odeur des marrons grillés se mêle au frais parfum des bouquets de violettes à deux sous; et la petite charrette à bras qui rase le trottoir est pleine de bottes de chrysanthèmes, adieu fleuri de l'arrière-automne. Une joie flotte dans l'espace. La lumière dore les hautes maisons. Tout le petit

monde s'est mis en toilette, et le ciel bleu lui-
même a l'air de s'être fait la barbe.

Gare! Les trois chevaux de l'omnibus attelés
de front, secouant la grosse mèche de crins
blancs qui leur pend entre les oreilles, viennent
de couper en deux la double file des orphelines
qui vont à vêpres. Et voilà les deux bonnes
sœurs qui s'effarent pour reformer la procession
enfantine, et les grandes cornettes blanches qui
battent des ailes au milieu des petits bonnets
bleus. Dépêchez-vous, mes enfants! Tout là-
haut, au-dessus du tumulte, j'entends bourdon-
ner la grosse cloche de la paroisse.

Positivement, le faubourg est en fête. A la
porte du marchand de vin, le trottoir est envahi
par un écroulement de coquilles d'huîtres, et,
chez le pâtissier, pour honorer le saint du jour,
les nougats et les gâteaux de Savoie sont tous
surmontés d'une rose de papier. Le bijoutier n'a
pas fermé boutique, lui non plus, le malin! et
bien des promeneurs s'arrêtent, fascinés par la
vitrine éblouissante. Parions que ces humbles
mariés d'hier — la femme en bonnet et l'homme
en redingote et cravate blanche — veulent compléter leur petit ménage et qu'ils se décideront
pour cette pendule en zinc bronzé qui a la forme
de la tour Eiffel. Quant à vous, les deux petites
camarades, si bien prises dans vos « confec-

tions » à bon marché, prenez garde. Il me
semble voir bien de la convoitise dans vos yeux,
devant les grappes de porte-bonheur et les ali-
gnements de pendants d'oreilles.

Mais j'ai tort. Elles ont le regard naïf, ces gri-
settes. Je suis persuadé qu'on est encore chez
papa et maman. Bien sûr, on n'est pas pour rien
des Parisiennes, on veut plaire, on sait s'habiller.
Cela vous flatte, n'est-ce pas, mesdemoiselles?
que les jeunes gens tournent la tête sur votre
passage, et, si quelque ouvrier rigoleur dit assez
haut pour que vous puissiez l'entendre : « Mâtin!
les jolies filles! », vous n'en êtes pas fâchées,
convenez-en. Mais on est sages tout de même.
Ces chapeaux un peu tapageurs, vous les avez
chiffonnés de vos mains adroites, et ces deux
belles plumes roses, hein? avouez que vous-êtes
allées les acheter dans une maison de gros de la
rue du Caire, par économie. Je ne vois aucun
mal, mes pauvres enfants, à ce que vous rêviez
un peu devant le clinquant de l'orfèvre du faubourg. C'est de votre âge. Et j'espère bien
qu'un de ces matins vos amoureux achèteront
ici pour vous un anneau de mariage.

Ces mignonnes fillettes de Paris! C'est pour
elles que semble faite la charmante expression
« un déjeuner de soleil ». Aujourd'hui, cela se
met avec goût, vous a je ne sais quelle grâce,

presque l'air d'une dame. Mais c'est pour un,
deux, trois printemps au plus. Demain elles
épouseront quelque rude ouvrier. Elles auront
des enfants à élever, mille soucis et, les trois
quarts du temps, bien de la misère à subir. Et
cette fine personne, douée d'instincts délicats,
— j'allais écrire aristocratiques, — deviendra,
en peu d'années, une ménagère à camisole, que
son mari appellera la « bourgeoise ». C'est le
sort, je sais bien. Mais je ne peux pas vous voir
passer sans un peu de mélancolie et d'attendrissement, pauvres fillettes, dont la jeunesse est si
brève.

Ainsi j'allais par la rue, rêvant et philoso-
phant. Tout m'y plaisait, m'intéressait, aussi
bien le couple de fantassins en pantalon rouge,
aux figures jeunettes et campagnardes, que la
famille de petits bourgeois en promenade, la
mère poussant devant elle le bébé dans un berceau à roulettes. En tous ces tableaux amusants
et familiers je reconnaissais mon cher peuple
de Paris, si doux, si naturellement aimable.
Jamais — depuis mon retour d'un voyage en
Allemagne, il y a quelques années — je n'avais
été autant séduit par la politesse native, par la
grâce toute latine de cette population parisienne.
Je retrouvais mon heureuse surprise d'alors,
quand, après deux mois de séjour parmi les

Tudesques aux lourdes hanches, le premier
venu de nos passants, l'ouvrier avec son sac
d'outils sur l'épaule, me faisait, par contraste,
l'effet d'un gentilhomme. J'étais tout content
de les voir, mes gentils Parisiens, goûtant par
ce clair dimanche le repos bien gagné et le
plaisir permis, et je m'épanouissais avec eux
dans cette atmosphère de tranquillité, de paix
et de joie.

V

PARIS L'ÉTE

Paris l'été! Mais il est admirable!

Je ne choisis pas, pour mes promenades, les régions élégantes et luxueuses. Elles prennent alors un aspect d'abandon qui attriste le flâneur. Les hautes maisons des rues et des larges boulevards aux arbres trop tôt dépouillés ont quelque chose de sinistre, avec leurs portes et leurs volets fermés. L'arroseur, traînant son boa sur roulettes, parvient à peine à répandre un peu de fraîcheur. Par une de ces lourdes journées de canicule, où les semelles des rares passants s'impriment dans l'asphalte ramolli du trottoir et où, dans le ciel blanc, plane un soleil de peste, on a, devant tous ces édifices clos et

vides, l'impression d'une ville maudite, où sévit
quelque épidémie et dont tous les habitants se
sont enfuis par peur du fléau.

Non, je fuis les solitudes monumentales des
quartiers *chic*. Je vais, au contraire, là où grouille
la foule pendant toute l'année, dans les centres
de l'industrie et du commerce, dans les faubourgs populeux. Bien sûr, dans ces rues plé-
béiennes, l'eau qui coule dans le ruisseau ne
vient pas de chez le parfumeur, et pas mal de
boutiques — les boucheries, surtout — ont
l'haleine forte. Mais je ne suis pas une petite-
maîtresse, respirant à chaque instant son flacon
de sels anglais, et j'ai une vraie joie, en arrivant
au faubourg, vers le soir, après la sortie des ate-
liers, la joie de voir le peuple des travailleurs
dans la si courte saison où il n'est pas trop malheureux.

Ouf! il fait moins chaud. Enfin! Le soleil tombant n'éclaire plus que les toits, et la rue étroite
se rafraîchit un peu. Ma foi, l'on y reste, et l'on
s'y met à son aise. En juillet, pas besoin de fla-
nelle et de tricot, n'est-ce pas? Beaucoup
d'hommes sont en bras de chemise et de femmes
en camisole. On ne remontera que trop tôt dans
le taudis; et, malgré la soif, l'assommoir du
coin, où l'on étouffe, est, il me semble, moins
encombré qu'en hiver. Parbleu, on respire ici un

air moins pur qu'au sommet du Righi ou sur les planches de Trouville. N'importe, on est dehors : les fruits de la saison — cerises ou prunes — embaument à l'étalage de la fruitière et dans les charrettes à bras ; et c'est un bon moment tout de même. Quel ramage ! Quel fourmillement ! A toutes les portes, des commères sont assises et bavardent. De grands gaillards sortent de chez le marchand de tabac en rigolant et en se donnant entre eux, par amitié, de lourdes claques sur l'épaule. Des fillettes en cheveux — oh ! comme ces demoiselles ont dû serrer, ce matin, leur corset de coutil ! — vont très vite, trois par trois, en se tenant par la taille ; et, sur la chaussée où jouent les enfants, le pesant omnibus, dont les gros yeux rouges, bien qu'il fasse grand jour, sont allumés déjà, modère son trot, paternellement, pour ne pas écraser les gosses.

Ce sera toujours un de mes goûts les plus vifs de me mêler à la foule populaire par une tiède soirée. Si souvent je fus choqué par la physionomie lasse et assouvie des privilégiés de ce monde, au milieu de leur luxe et de leurs plaisirs ! Dans le peuple, du moins, je ne rencontre jamais de figure à grimace blasée ; et je ne connais pas de plus doux spectacle que celui des pauvres gens dans une de ces heures où leur misère est moins lourde, où ils l'oublient et où ils jouissent pleinement d'un peu de bien-être et de repos.

On n'est pas toujours d'humeur, cependant, à se plonger dans la cohue, et l'on souhaite quelquefois de plus calmes flâneries. Le Paris d'été en permet de délicieuses.

Celle que je préfère est certainement la promenade des quais. D'abord, aucune ville du monde n'offre une telle suite de beaux et nobles aspects, un aussi admirable panorama de palais et de monuments. De plus, dans ce lieu sans pareil, l'atmosphère est saturée des plus illustres souvenirs. Il me tarde de revoir ces magnificences et, si j'ose parler ainsi, de respirer un peu d'histoire de France. Mais les quais de la Seine exercent encore un autre attrait sur moi : j'y complète mes très graves études sur les bouquineurs et les pêcheurs à la ligne.

Elles m'ont déjà fait découvrir ceci : ces deux espèces de maniaques — très inoffensifs, d'ailleurs, et qui ont toutes mes sympathies — sont unies par de secrètes correspondances. Le pêcheur à la ligne ne connaît pas le bouquineur, et réciproquement. L'un est assis, les pieds pendants, sur le bas-port, tandis que l'autre marche lentement le long du quai, avec de fréquentes et longues stations devant les cases. Ils ne se rencontreront jamais et n'échangeront pas leurs

sensations. Qui sait ? Peut-être se méprisent-ils
et se trouvent-ils réciproquement ridicules. Pourtant, leur passion est la même, et tous deux font
preuve de la même patience obstinée, gardent
le même absurde et chimérique espoir. Le bouquineur deviendra un vieillard caduc avant de
trouver, dans la boîte à dix centimes, l'Elzévir
ou l'Alde Manuce qu'il cherche depuis sa jeunesse ; et le pêcheur à la ligne verra blanchir ses
cheveux et tomber ses dents avant de prendre
la perche phénoménale ou le brochet monstrueux objet des désirs de toute sa vie. Et, sans
manifester jamais le moindre découragement,
ils s'obstineront, cependant, l'un à fouiller dans
les boîtes, l'autre à tremper du fil dans l'eau,
entretenus dans leur folie par la découverte
d'une brochure rarissime, mais sans aucun intérêt, ou par la capture d'une demi-douzaine de
barbillons tout à fait indignes de la friture.

Ne riez pas de ces braves gens, vous surtout,
les amoureux, car ils vous offrent l'exemple —
pas si fréquent, vous savez — d'une espérance
qui dure et d'une passion qui persévère.

VI

PARIS PORT DE MER

Le goût des bains de mer est devenu à peu près général. Le plus mince bourgeois, s'il a un peu de loisir et quelques économies, s'échappe de Paris avec sa famille dès que les chaleurs commencent à sévir et s'en va vers une côte prochaine. Tout lui est bon pour sa villégiature marine ; les dunes de sable où pousse le chardon azuré et où grouillent des myriades de « sauti-cots » à la marée montante, les étroites vallées creusées dans une échancrure de falaise, les plages de galets ronds où l'on trébuche à chaque pas, tout lui plaît, pourvu qu'il ait devant lui beaucoup d'espace et qu'il reçoive en plein vi-sage la rude brise du large. Pour le plaisir d'être

au bord de la mer, le Parisien sacrifie tout, jusqu'à ses habitudes de confortable et de bien-être.
Je ne parle pas, bien entendu, du richard, qui
achète ou loue une élégante villa, entourée de
géraniums et de tamaris ; je parle de l'homme de
demi-fortune, qui se loge dans deux chambres
meublées, au-dessus de la boutique de l'épicier,
ou qui demeure chez un pêcheur et fait sécher
dans la cour, sur un filet, son caleçon et le costume de bain de sa femme.

On n'est pas trop bien, c'est clair, dans ces
campements improvisés. Le rôti que vous vend
le boucher du village est décidément de la vache,
et l'on couche dans des chambres à araignées.
Mais qu'importe ! « Madame » a déclaré qu'il
lui faut ses six semaines de bains de mer et que
c'était la santé des enfants. Si « Monsieur » est
retenu à Paris par son bureau ou par sa boutique, eh bien ! il viendra tous les huit jours, du
samedi au lundi, et se servira du train des maris.
Et l'on emportera des robes claires, des vestes de
toile et des chapeaux de paille ; et l'on déjeunera
au cidre, avec la paire de soles que la marchande
de poissons apporte le matin, toutes fraîches, en
les tenant par un anneau de paille passé dans
leurs ouïes. Dans l'après-midi, « Madame » s'en
ira sur la plage, son pliant sous le bras et portant
le petit panier de paille sur lequel sont cousus,

en lettres de drap rouge, ces mots : *Souvenir de Fécamp*. Elle s'installera là, avec des connaissances, et, tout en faisant de la tapisserie, on regardera les baignades et l'on dira un peu de mal du prochain, de la belle nageuse américaine qu'accompagne si loin le jeune homme qui se baigne avec un lorgnon, et de l'actrice qui porte un corset sous son costume.

Mais ce sont les enfants qui sont contents! Tout petits sous leurs grands chapeaux, jambes nues, jupes et pantalons troussés, ils sont tout le temps dehors. Quand la mer est basse, ils s'en vont dans les rochers découverts, et là ils trouvent un tas de bêtes, un tas de merveilles : des flaques d'eau claire comme l'eau des sources, où saute une grosse crevette transparente qu'on peut quelquefois attraper avec la main; des crabes qui se sauvent en courant tout de travers et qui disparaissent en faisant un trou dans le sable; des anémones de mer, rougeâtres, verdâtres, noirâtres, qui ont d'abord l'air d'une horrible fleur gluante et épanouie, et puis qu'on touche, et qui se contractent, et qui ressemblent alors à un fruit ou à un légume, et qui sont pourtant vivantes, songez donc! Et ce que les gamins s'amusent, et ce qu'ils barbotent, et ce qu'ils se salissent! Et quels cris de joie quand, étant parvenus à soulever une lourde pierre, ils s'emparent d'une bête encore plus vilaine et plus effrayante que les autres, d'un bernard-l'ermite, par exemple, ce monstre qui s'établit dans un coquillage dont il a dévoré l'habitant primitif, et qui, sortant de là tout à coup ses deux pinces de homard, saisit à chaque instant une nouvelle proie!

Ah! oui! grands et petits, parents et enfants, se plaisent joliment aux bains de mer, et les distractions sont encore plus nombreuses, encore plus charmantes, quand c'est dans un petit port, dans un endroit à marins et à bateaux. D'abord il y a les jolis départs, le matin, avec les vingt barques, toutes voiles dehors, inclinées du même côté par la brise fraîche et diminuant à vue d'œil, dans l'azur infini de l'eau et du ciel; il y a les retours de pêche, le soir, et la vente du poisson à la criée, et les énormes congres, et les chiens de mer monstrueux qui se tordent sur le galet à la lueur des lanternes. Et puis, quand on veut, toute la journée il y a la promenade sur le port, et toujours des scènes nouvelles, des tableaux naturellement pittoresques : ne fût-ce que ce vieux douanier, au nez couleur de bronze, assis sur la gueule d'un vieux canon, planté en terre, près d'un gros anneau de fer qui se rouille au soleil, ou bien le sloop désert, mouillé près du quai et seulement gardé par le chien du bord, un petit « loulou » aux oreilles pointues, l'air affairé et bon enfant, qui trotte sur le beaupré du navire avec l'assurance d'un gabier qui aurait fait trois fois le tour du monde.

J'évoquais tous ces bons souvenirs de plages normandes, l'autre jour, en me promenant dans l'horrible Paris du lendemain de la fête du 14 juillet, dans ce Paris infect et brûlé, sur lequel les provinciaux et les paysans des trains de plaisir ont fondu comme une invasion de Barbares. Et moi qui peux, après tout, m'absenter de temps à autre, je me sens plein de pitié pour les pauvres Parisiens qui sont absolument prisonniers de la capitale et à qui il est tout à fait interdit de respirer la bonne odeur du varech et de contempler le sublime spectacle du coucher du soleil sur la mer.

Longtemps j'ai été comme eux, et j'en ai souffert cruellement, car toujours j'ai adoré la mer, aimé passionnément les paysages, les spectacles maritimes. Aussi, jadis, lorsque l'esclavage de mes occupations et — je peux l'avouer sans honte — le manque d'argent me défendaient toutes vacances, j'avais imaginé plusieurs moyens, bien factices, à la vérité, de tromper mon appétit marin et de satisfaire, avec l'aide de beaucoup d'imagination, mon goût pour les ports et pour les bateaux. Ces moyens, je vais, s'il vous plaît, me les rappeler aujourd'hui et les dédier à ceux qui n'ont ni le temps ni l'argent nécessaires pour aller passer un dimanche au Havre ou à Dieppe.

D'abord, il y a la Frégate, oui, la pauvre vieille Frégate du quai d'Orsay. Oh! elle est horrible, je le sais bien, elle tombe en pourriture; on l'a déshonorée par les affiches de l'établissement d'hydrothérapie qui y est installé, dépouillée de sa voilure et de ses haubans. C'est un fantôme, une ruine, et pour la bien décrire je ne puis mieux faire que de citer l'ironique sonnet du poète Gabriel Marc :

Toi qui devais bondir sur la mer, ô frégate,
A travers la mitraille et les flots irrités,
Quel triste sort te rive aux pierres des cités
Et te pend une enseigne au front, comme un stigmate!

Morne, ainsi qu'un oiseau retenu par la patte,
Tu regrettes l'azur et les immensités...
Le bourgeois se prélasse en tes flancs attristés,
Et ta quille a des airs navrés de cul-de-jatte.

Le batelet t'insulte et le lourd remorqueur,
En rampant devant toi, te lance un cri moqueur.
Oh! qui pourra sonder ton destin sans exemple?

Ta cale, désormais, sert aux ablutions;
Ta proue est enchaînée, et ta hune contemple
La Caisse des Dépôts et Consignations!

Eh bien! oui, c'est vrai. La frégate du quai

d'Orsay est hideuse; mais elle n'est hideuse que
vue de près. Quand on la regarde de l'autre côté
de l'eau, d'assez loin, dans la brume du crépuscule, ses mâts et ses vergues principales — elle
les a encore — peuvent donner l'illusion d'un
navire. D'ailleurs, elle est entourée de fort beaux
arbres, et quoi de plus pittoresque que des mâts
se mêlant à des branches? Avec un peu de bonne
volonté, — avec beaucoup de bonne volonté si
l'on veut, — vous pouvez vous croire transporté
dans un des coins verdoyants de l'arsenal de
Brest, où un vaisseau de ligne, à demi désarmé,
vient d'être livré, après une longue et pénible
campagne, aux charpentiers et aux calfats. Et si,
par un heureux hasard, l'on est en train de réparer le trottoir du Pont-Royal et qu'une âcre
odeur de bitume en fusion arrive à vos narines,
que vous faut-il de plus pour rêver de port de
guerre, de magasins flottants et de cales sèches?

Mais n'insistons pas pour la frégate. Nous
avons mieux; nous avons le petit port qui est
auprès du pont des Saints-Pères.

Vous croyez le connaître, n'est-ce pas? Vous
passez là tous les jours, et vous avez vu qu'il y
avait souvent, le long du bas quai, un gros bateau, un vrai bateau de mer, venu de Londres ou
de Liverpool. Vous avez dû même remarquer
que sa cargaison ordinaire était composée de

cornes, et vous vous êtes écrié, — oh! ne dites pas le contraire, je vous connais, vous êtes Français et vous avez un vieux fonds de vaudevilliste, — vous vous êtes donc écrié :

« Des cornes!... Pour qui? Les Parisiens n'en manquent pourtant pas. »

Mais moi, badaud plus raffiné, flâneur plus dilettante, je ne me suis pas contenté de cet examen superficiel. Je suis descendu sur la berge, par le chemin en pente qui se trouve un peu plus loin, sur le quai du Louvre, devant la porte des Lions, et, m'arrêtant sous le pont des Saints-Pères, j'ai eu devant moi, encadré par la courbe de l'arche, un tableau d'une couleur et d'une saveur marines qui eussent réjoui Boudin ou Emile Vernier.

Amarré à un quai sans parapet, un vrai quai de port de mer, le navire — un gros navire noir, aux flancs épais, à la mâture basse, à la cheminée trapue, un navire aux lourdes façons de charbonnier anglais — était en pleine activité de débarquement. Les matelots — des gens de mer authentiques, à visages d'acajou dans des colliers de barbe jaune — couraient pieds nus sur le roufle ou roulaient des tonneaux sur le pont de planches. Là-bas, un brouillard matinal — c'était en automne — voilait l'Institut et le pont des Arts, et rien n'empêchait de croire qu'au delà du bateau, barrant l'horizon, il y avait l'étendue d'une rade, la pleine mer, l'Océan! Et il sentait son fruit, allez, le navire, un fort et rude parfum de goudron, de cuisine et de machine à vapeur; une petite-maîtresse en aurait eu le mal de mer. Tout était marin sur ce bord de Seine, jusqu'au bureau de la douane, avec son pot de fleurs étiolées sur le rebord d'une fenêtre; et sincèrement, à moins d'être totalement dépourvu de fantaisie, rien n'était plus facile que de rêver là de longues traversées et de se croire sur le point d'appareiller pour les mers du Sud.

A ceux qui veulent découvrir des marines dans Paris, je ne puis rien offrir de plus complet que le bateau du pont des Saints-Pères; mais je leur réserve encore quelque chose de plus étrange et de plus piquant.

On pouvait voir à Paris, il y a une douzaine d'années, on peut sans doute voir encore à l'heure qu'il est, un navire en terre ferme.

Oui, vraiment, un navire parfaitement armé, prêt à partir, un trois-mâts avec toutes ses vergues, voiles et bonnettes, auquel il ne manque ni un cacatois ni un perroquet, et dont un maître d'équipage approuverait le gréement, jusqu'au dernier cartahu! Et cela, rue Saint-Jacques, au milieu d'une cour sablée, entre deux rangées de tilleuls.

Ce fut par la fenêtre du logis d'un de mes amis demeurant aux environs que j'aperçus pour la première fois cet objet extraordinaire, et je faillis tomber à la renverse de stupéfaction. Je supposais d'abord que le problème de la navigation aérienne venait d'être résolu par quelque fantastique inventeur américain, et que ce navire, le premier qui eût traversé les espaces du ciel, arrivait en droite ligne de New-York ou de Chicago. Je ne m'expliquais pas, il convient de l'ajouter, que le capitaine de la merveilleuse machine, au lieu d'opérer sa descente sur la place de la Bourse ou tout autre lieu populaire et fréquenté, eût choisi pour atterrir une petite cour d'aspect provincial, au fond d'un quartier perdu.

L'explication que me donna mon ami détruisit ma belle chimère — c'est, hélas! le propre de toutes les explications — et j'appris sans aucun plaisir que ce navire avait été monté là, pièce à pièce, comme la première charpente venue, afin de servir aux exercices des élèves d'une école préparatoire pour la marine.

Mais, en dehors de son rôle pratique, le joli trois-mâts a quand même son charme et son utilité poétique. Pour parler le style à la mode, il « pique une note » de mer au milieu du faubourg Saint-Jacques et permet à l'honnête bourgeois voisin du Val-de-Grâce de se supposer à Hambourg, à Amsterdam ou dans quelque autre ville où les navires semblent circuler au milieu des rues.

On conviendra, je l'espère, d'après les renseignements qui précèdent, que Paris peut être considéré comme un port de mer, au moins par les gens d'imagination. Or pour ceux-là seuls le monde extérieur existe. Je connais des hommes qui sont allés aux quatre coins du globe et qui, positivement, n'ont rien vu. La plupart des Yankees qui font tous les ans la traversée de l'Atlantique ressentent certainement beaucoup moins la poésie du voyage qu'un rêveur impressionnable qui fait une visite d'une heure au musée de Marine.

VII

UNE SOIRÉE A PORT-CRÉTEIL

L'autre jour je suis allé passer la soirée à Port-Créteil. Parions que la plupart d'entre vous ne connaissent pas Port-Créteil. C'est pourtant tout près de Paris, à vingt minutes à pied de Charenton, dans le département de la Seine. Vous entendez bien, dans le département de la Seine !

Si vous craignez d'être coudoyé par le petit peuple, — moi, cela ne me déplaît pas, — n'allez pas là le dimanche : vous tomberiez dans le canotage et les baignades ; il y aurait tout le long des jolies berges de la rivière une file de pêcheurs à la ligne en vieux chapeaux de paille, et, le soir, tous les bosquets des guinguettes s'é-

toileraient de pipes et de cigares, seuls vers lui-
sants de la banlieue.

Allez plutôt à Port-Créteil un soir de semaine,
comme je l'ai fait l'autre jour.

Faites arrêter l'omnibus de Saint-Maur-les-
Fossés au bout du pont, descendez tout de suite
au bord de l'eau, par l'escalier en ruine qui est
à gauche, et allez droit devant vous sous les
peupliers, en suivant la rivière. L'endroit est
exquis. A votre gauche, la Marne coule, verte et
marbrée çà et là de remous, et le flot rapide
incline dans le sens de son cours les grands
roseaux emmêlés et remplis de nids de fau-
vettes; à votre droite, l'alignement des peupliers — j'ai rarement vu de plus beaux arbres
— borde la lisière d'un bois-taillis d'une verdure charmante.

Flânez là jusqu'à l'heure du dîner, en remon-
tant le cours de l'eau. Ah! ce ne sera pas la solitude complète, et par-ci par-là un papier grais-
seux, ayant enveloppé quelque pâté du faubourg
Saint-Antoine, vous prouvera qu'on a dîné la
veille sur l'herbe fleurie et que vous n'êtes pas
dans l'île de Robinson. Vous rencontrerez peut-
être bien aussi un ouvrier baignant son chien,
ou quelque amoureux populaire enveloppant du
bras la taille de sa « connaissance ». Mais, en
somme, le chemin est peu fréquenté, et, tout en

écoutant le murmure de la rivière en marche et
le chuchotement du vent dans les feuilles, vous
vous sentirez délicieusement reposé par la fraîcheur du lieu. Faites là les cent pas jusqu'à
l'heure du dîner, ou asseyez-vous sur la berge, les
pieds pendants. Devant vous s'arrondira gra-
cieusement le commencement de la boucle de
la Marne, qui s'en va du côté des Iles-d'Amour,
et, dans l'azur tendre du ciel de l'après-midi, pas-
seront lentement, sans doute, quelques beaux
nuages d'un blanc argenté, dont vous verrez là-
bas, sur l'autre rive, l'ombre glisser sur les
avoines.

Il faudra revenir sur vos pas, par exemple, dès
que le soleil descendra vers l'horizon, repasser
le pont de Créteil et redescendre par la berge
de gauche vers le village. Ici, cela ne peut pas
s'appeler de la campagne, c'est seulement de la
banlieue. Au-dessus des portes rondes des jardins de cabarets, on lit : « Matelotes et fritures »,
et il y a des balançoires dans les arbres. Puis
vous arrivez à un groupe de petites maisons
blanches, et vous reconnaissez le vide-bouteilles
du marchand ou du petit fabricant parisien
déjà à son aise, qui vient se reposer là du samedi
au lundi, avec sa famille. Vous savez : la maison-
nette à perron, qu'on voit de la grille, et toujours le bassin à jet d'eau, avec des rocailles et

la boule de verre étamé, et, derrière la maison, on devine le verger brûlé de soleil, tout en longueur, clos de murs neufs où grimpent des vignes maigres et des pêchers rabougris.

Mais voyez-vous cette petite passerelle au bas de laquelle est un embarcadère de canots, et ce magnifique bouquet de peupliers géants? C'est l'île de Créteil, où vous dînerez chez Jambon — un beau nom de restaurateur, n'est-ce pas? — et où vous commanderez, selon toute apparence, une friture de goujons et du veau à la casserolle. Le « reginglet » se laisse boire, et la cuisine est passable; mais savez-vous ce que vous aurez pour dessert, à votre table sous les grands arbres? Un somptueux, un éblouissant coucher de soleil sur l'eau, un ciel de turquoise criblé de rubis en feu, se réfléchissant dans la rivière et que traversent en tous sens de grandes envolées d'hirondelles!

Restez là, en buvant votre café à petits coups et en fumant paisiblement des cigarettes, jusqu'à l'éclosion des premières étoiles. En semaine, vous avez beaucoup de chances d'être seul, dans le jardin de Jambon. Tout au plus aurez-vous pour voisinage un couple de canotiers sérieux, coiffés de chapeaux de paille à pointes, qui causeront à demi-voix et avec force termes techniques, devant une canette, de la

prochaine régate de Joinville ; ils ne troubleront
guère votre contemplation. Quand la nuit viendra, vous repasserez devant les villas bour-
geoises ; vous vous amuserez un peu à voir les
grandes fillettes en robes claires et à voix
criardes, dans une rage d'activité, jouer encore
au volant à la lueur des becs de gaz. Puis vous
regagnerez la station de Saint-Maur, rafraîchi,
reposé par ces quelques heures en plein air,
emportant dans votre souvenir vingt délicieux
paysages, — des bouquets de saules à la Corot,
des tournants de rivière à la Daubigny ; — et
vous rentrerez à Paris.

VIII

LA BOUTIQUE DU BARBIER

Je jouis délicatement de ce Paris à demi désert et un peu mélancolique de la fin de septembre, où les couchers de soleil sont si beaux,
vus des ponts, et où, dans les jardins publics, le
vent d'automne chasse devant lui la valse des
feuilles mortes. Ce Paris-là n'existe pas pour
ceux que la statistique appelle « population flot-
tante », pour ceux qui ne considèrent notre
capitale que comme un centre d'affaires et un
mauvais lieu. Mais je suis un Parisien pur sang,
né à Paris de parents parisiens, élevé à Paris ; j'ai
semé sur ses pavés tous mes rêves, j'y récolte
tous mes souvenirs. Je n'aime pas seulement
Paris comme la plus belle ville du monde, mais
comme mon cher pays natal, et je me plais à

noter ses divers aspects, comme un amant grave dans sa mémoire les différentes physionomies qu'a revêtues à ses yeux une maîtresse bien-aimée.

Actuellement, Paris me ravit, baigné dans la pure lumière, dans la fraîche atmosphère de septembre. Ses ciels d'arrière-saison, où flottent, vers cinq heures du soir, des archipels de nuages saumonés, sont d'un ton adorable, et ses vieux monuments se revêtent, à ce moment-là, d'un gris-rose, qui aurait fait la joie de Canaletto. On ne vantera jamais assez la beauté de Paris au seul point de vue du paysage.

Paris est une coquette, bien vieille et toujours jeune; il fait présentement sa toilette d'hiver. Ici, on blanchit une maison; là, on repave un boulevard. Laissons-le faire et réprimons notre mouvement d'impatience lorsqu'un aide-maçon, une latte à la main, nous fait signe de passer au large ou lorsque notre fiacre est forcé de prendre la file et de marcher au pas dans quelque rue encombrée. D'ailleurs, ces « embargos » ne se produisent que dans les quartiers du centre, et ce n'est pas là que le Paris d'automne est curieux à observer : c'est dans ses faubourgs, dans ses coins retirés, dans ses ruelles excentriques. Voilà la vraie minute pour goûter les petites joies du flâneur, pour bouquiner le

long des quais, pour faire une traversée en
bateau-mouche, pour aller regarder les enfants
jouer avec le sable de la Place Royale et la vigne
vierge rougir dans le Jardin des Plantes. Partez
à la découverte, et vous ferez connaissance d'un
Paris naïf, ingénu, où règnent la douce paix et la
poésie intime d'une province.

L'autre jour, tout près du Bon Marché, — où
c'était un tapage, une foule, à rêver de Broadway
ou de Canon Street, — à deux pas, dans la rue
Saint-Placide, je me suis arrêté devant une porte
ronde, grande ouverte, par où l'on voyait l'atelier d'un maréchal-ferrant.

Le joli tableau flamand! Deux points lumineux seulement dans la forge toute noire : la
croupe ronde d'un gros cheval blanc et le fer
rouge sur l'enclume, que faisait sauter, avec un
bruit clair à chaque coup, le marteau d'un compagnon. De là s'exhalait une forte odeur de fer
chaud et de corne brûlée, et — détail exquis! —
d'un châssis d'où tombait un rayon de soleil,
pendait, étincelante de lumière dans cette
ombre, toute une liane de capucines, couverte
de ses fleurs vermillonnées.

On se serait cru dans le lointain le plus rural;
et pourtant et à vingt mètres de là, à l'angle de
la rue de Sèvres, le contrôleur des omnibus gla-
pissait de sa voix monotone :

« Allons, les « Saint-Lazare » ! Un... deux...
trois... Pas de correspondance ? »

*
* *

Ce matin, j'entrai chez mon barbier; car,
parmi mes nombreuses infirmités, j'ai celle de
ne pas savoir faire moi-même ma barbe sans me
couvrir le visage de cicatrices qui n'ont rien de
glorieux, et force m'est de réclamer l'assistance
d'un Figaro de faubourg qui loge près de ma
maison.

Tandis que cet honnête artiste me rasait avec
soin, pinçant mon nez entre son pouce et son
index, je m'amusais à examiner, reflétée dans la
glace devant laquelle j'étais assis, la calme scène
d'intérieur où je me trouvais. La boutique était
étroite et modestement décorée, mais très
propre, et le petit poêle de fonte, sur lequel
chauffaient les fers à friser, y maintenait une
douce température. Au comptoir, la patronne
se tenait assise, entre une pile de serviettes
qu'elle était en main d'ourler et un bocal rempli
de savons de Windsor. Cette petite brune assez
piquante, en vertueux bandeaux plats, avait
placé devant elle, sur le marbre du comptoir, un
abrégé de l'histoire de France à l'usage des

écoles primaires, par demandes et réponses, et, sans interrompre son travail de couture, interrogeait son garçonnet, debout auprès d'elle, qui répondait, sans trop hésiter vraiment, aux questions sans cesse renouvelées :

« *En quelle année ce prince monta-t-il sur le trône ?* »

Ou :

« *Qu'arriva-t-il ensuite ?* »

Et le père, tout en promenant délicatement son rasoir sur ma pomme d'Adam ou autour du croquant de mon oreille, souriait, satisfait et fier de l'intelligence et de la mémoire de son gamin. Tout respirait une paix profonde dans l'humble boutique. L'élève — je n'ose dire le garçon — avait sans doute congé; car rien ne révélait sa présence que la tire-lire sur laquelle était peint un bouquet de pensées surmontant un Y, classique calembour qui signifie : « *Pensez-y.* » Devant une chaise, une tête à perruque, au bout d'un piquet, supportait un postiche en cours d'exécution; le *Petit Journal*, à peine graissé de pommade, traînait sur une chaise, abandonné. Enfin, les moindres détails de ce tableau, qui aurait tenté le pinceau réaliste d'un maître hollandais, exprimaient le calme, le repos, l'inaction d'un jour de semaine dans une boutique de barbier.

Je savourais cette impression de délicieuse tranquillité en me faisant frictionner la tête à l'eau de quinine, — excellente habitude qui retarde la calvitie dont je suis menacé, — et je m'amusais à lire, dans son cadre de bois noir, entre une affiche coloriée de la Parfumerie Hygiénique et un portrait de Léon Gambetta, le certificat de bonne conduite délivré au patron de l'établissement, à sa libération du 3ᵉ voltigeurs de la garde, quand soudain je me rappelai l'aspect de cette même boutique, telle que je l'avais vue quelquefois le dimanche matin, le grand jour de barbe pour le peuple du faubourg.

Quelle hâte! quel tumulte! quelle activité! Trois patients sont constamment installés sur les chaises à dossier mécanique; car, ce jour-là, non seulement le maître et son élève sont à la besogne, mais ils doivent s'adjoindre un troisième garçon, un soldat de la caserne voisine, qui fait les « extras » et qui, ayant accroché à une patère son képi et sa tunique, s'escrime du rasoir, en pantalon rouge, cravate bleue d'ordonnance et gilet de tricot. La patronne et le petit garçon s'occupent à rincer les lavabos, car il n'y a pas une minute à perdre. Dix faubouriens attendent leur tour, assis sur toutes les chaises de l'établissement avec de terribles barbes de huit jours, pleines de limaille de fer et d'escarbilles, et plus d'un tient, debout entre ses jambes écartées, son gamin, qui va se faire tondre. Ah! le client est vite expédié.

« A qui le tour de ces messieurs? » crie, à chaque instant, le patron, forcé de refuser le verre de vin cordialement offert par le dernier rasé, qui se retire en disant avec politesse :

« Allons! ce sera pour une autre fois. »

Et le timbre de la porte vitrée retentit à chaque minute, et la mousse blanche du savon s'épaissit sur les noirs et rudes visages, et les ciseaux cliquettent rageusement dans les toisons épaisses, et la conversation devient générale, et l'on commente le dernier numéro de l'*Intransigeant,* et la patronne s'agite, rend la monnaie, fait au nouvel arrivant l'invraisemblable promesse que « c'est son tour » et lui demande des nouvelles de sa « dame », et, de temps en temps, enlève d'un coup de balai les mèches grises, noires et rousses, mêlées sur le parquet au sable jeté à poignées. La rude journée! Soyez sûrs qu'il n'est pas près d'être servi, le ragoût à l'oignon qui mijote dans l'arrière-boutique, et que ces braves gens auront le droit de dire : « Ouf! » en se mettant à table pour déjeuner, à quatre heures de l'après-midi.

IX

LES CHARBONNIERS

Dans ce microcosme qu'est Paris, la colonie auvergnate est faite pour frapper l'attention de l'observateur et du sociologiste. Et, dans cette colonie, les charbonniers — qui sont charbonniers de père en fils, héréditairement, fatalement, comme chez les anciens Égyptiens — n'offrent-ils pas un intérêt tout particulier? Ce sont les seuls paysans qui ne viennent pas à Paris pour y rester et y mourir. Beaucoup d'autres campagnards sont attirés vers l'énorme capitale, mais par un courant irrésistible et qui les précipite dans les bas-fonds parisiens, comme les épaves d'un navire naufragé pris dans les tourbillons d'un maëlstrom. Les Auvergnats, eux, sont d'une race exceptionnellement énergique et remontent seuls le courant. Ils pourront peiner vingt ans, trente ans, dans la grande ville; il restera toujours à leurs gros souliers à clous un peu de la terre natale et ils ne secoueront jamais complètement cette poussière sur nos pavés. Un jour, tôt ou tard, selon la chance, ils retourneront là-bas, dans leur rude pays, dont ils gardent quand même, au fond de leur cœur naïf, le nostalgique amour. C'est pour parvenir à ce but, c'est pour remplir, sou à sou, quelque bas de laine, c'est pour gonfler à la longue plusieurs sacs de mille francs, destinés à être transformés en terres de labour ou en « mouchoirs à bœufs », qu'ils viennent chez nous, qu'ils acceptent les besognes d'esclaves et de bêtes de somme, qu'ils portent des fardeaux sur leurs larges épaules, qu'ils sont charbonniers, commissionnaires, décrotteurs. Esprits pratiques, ils résolvent, pour leur compte, sans phrases, la question sociale; ils la résolvent par les solides et patientes vertus, par toutes les besognes acceptées, par le consentement aux plus petits gains, aux plus maigres salaires, par la persévérance de l'épargne. Économes jusqu'à l'avarice, mais sobres, laborieux, honnêtes, ils font, sans s'inquiéter, sans même se douter de toutes les théories des politiciens et des déclamateurs, de l'excellente décentralisation. Par eux le monstrueux Paris est soulagé d'un peu de sa pléthore d'argent, qui retourne à l'agriculture.

Le secret de leur force, c'est qu'ils sont sourds au bruit, aveugles au resplendissement des tentations parisiennes, c'est qu'ils conservent, parmi nous, fidèlement, presque religieusement, leurs mœurs champêtres, leurs habitudes rurales. Seuls, ils sont reconnaissables à leur grossier costume, dans la foule monotone et qui semble s'habiller tout entière à la même *Belle Jardinière*. Un vêtement complet de velours de coton, bleu ou noir, leur suffit pour tout le temps de leur séjour à Paris. Ils se marient entre eux, fondent dans nos faubourgs des familles qui retourneront dans les villages, gardent leur dur patois, leur âpre accent, continuent de se nourrir de fortes platées de châtaignes. Ils ne se plaisent qu'à leurs divertissements nationaux. Dans l'arrière-salle de certains cabarets, retentit, tous les dimanches soir, l'aigre son de la vielle; et, pareils à des ours en gaîté, tenant à pleines mains la taille épaisse de leurs payses, les Auvergnats dansent la lourde et rythmique bourrée et marquent la mesure à grands coups de talons de botte.

Forte et noble race que ces gens d'Auvergne! Ils ont donné des héros comme Vercingétorix, des génies comme Pascal; ce sont des âmes courageuses et profondes; ils appartiennent vraiment à la vieille France, qui était si sage et si résignée, qui fondait lentement des choses durables.

Passez, un beau soir d'automne, dans une rue populaire, devant une boutique de charbonnier, quand la famille se repose sur le seuil, à l'entrée de ce trou noir comme la porte de l'enfer. Cette scène intime tenterait un Rembrandt. Le père est debout, appuyé contre le chambranle, et, son chapeau rond rejeté en arrière, il fume tranquillement son bout de pipe, dans le calme d'un homme qui a bien employé sa journée, tandis que deux enfants, avec du rose sur leurs joues barbouillées, étreignent ses fortes jambes ou se roulent par terre devant lui. Tout auprès, assise sur une chaise basse, sa femme, pour donner à téter à son nouveau-né, plonge sa main noire dans son corsage et en fait jaillir un sein de marbre, une mamelle blanche et ferme, qui justifie la réputation qu'ont les Auvergnates d'avoir une belle gorge. Trois enfants déjà dans ce jeune ménage? Oui, vraiment. Les pauvres sont prolifiques et ne connaissent pas les économies d'amour. Voilà un spectacle rassurant pour les statisticiens qui s'inquiètent de la dépopulation de la France. Ici, grâce au ciel, on ignore les dé-

plorables artifices de Malthus. Les braves gens!
la belle famille! Ils sont noirs, mais non pas
sales; leurs gamins ont un air de santé, et, quand
l'homme et la femme échangent un sourire avec
leurs petits, c'est un éblouissement de dents
blanches dans toutes ces faces sombres. L'atmosphère dans laquelle ils vivent, cette odeur syl-
vestre du bois et du charbon, est bonne et saine;
cela fleure à plein nez la montagne et la forêt,
où ils iront finir leurs jours quand ils auront
amassé leur humble trésor, fait leur magot. Le
père y songe en ce moment même, soyez-en
sûrs, et, dans la fumée de sa pipe, il se voit tel
qu'il sera dans dix ans, dans quinze ans, rame-
nant à l'étable sa paire de bœufs et sifflant un
air du pays, tandis que dans le brouillard du crépuscule, au fond de la vallée, — une vallée du
Puy-de-Dôme ou du Cantal, — s'allument les
fenêtres du village.

Pour moi, ces boutiques de charbonniers
m'ont toujours été sympathiques; elles me rappellent d'ailleurs une de mes plus chères impressions d'enfance.

Elles étaient toutes alors ornées — et quelques-unes le sont encore aujourd'hui — de paysages et de scènes champêtres, où quelque
peintre d'enseignes avait déployé son naïf génie.
Dans un « sous-bois », inférieur certainement à

ceux de Théodore Rousseau, mais assez ressemblant tout de même, des bûcherons levaient leur cognée sur un chêne séculaire, et des charbonniers mettaient le feu à un énorme bûcher. A côté de cette composition, on voyait une rivière bordée de saules, sur laquelle un long radeau de bois suivait le fil de l'eau, à moins qu'un attelage de percherons blancs, fouettés par un charretier et tirant à plein collier sur le câble de halage, ne fît passer sous l'arche d'un pont un bateau chargé d'une montagne de charbon, un bateau aux flancs lourds, peint en couleur marron d'Inde et seulement égayé d'une bande de vermillon ou de vert poireau. Ou bien encore c'était la locomotive, vomissant dans le ciel un fleuve de fumée et emportant après elle vingt wagons gorgés de houille, qui se plongeait dans la nuit des tunnels ou franchissait le tablier des viaducs.

Toutes ces images, si informes qu'elles fussent, exerçaient une étrange séduction sur mon esprit d'enfant parisien, qui n'avait pas encore voyagé, vu de la vraie campagne, respiré l'air pur des champs et des forêts. Ces enseignes de charbonniers m'ont fait aimer, avant de les connaître, l'asile vert des hautes futaies, la fuite des sentiers sous les taillis, la paisible promenade au bord des rivières. Depuis lors, j'ai vu et admiré

les paysages des maîtres; mais combien ils me
laissaient froid quand je les comparais à la nature, enfin connue et sentie par moi! Jeune
homme, ayant franchi la ligne des fortifications
et vu la campagne du Bon Dieu, j'ai été bien
moins ému par les aurores les plus argentines de
Corot, par les couchants les plus dorés de Daubigny, que je ne l'étais jadis quand, petit Parisien sortant de l'école avec mon panier sous le
bras, je restais en extase devant les prairies, les
forêts et les rivières grossièrement badigeonnées
sur les boutiques de charbonniers.

Pour toutes ces raisons, j'aime ces braves Auvergnats, dont le pied pesant fait gémir nos
escaliers et qui, le crochet sur le dos, nous ap-
portent notre provision de bois pour l'hiver.

X

LE SOU DU CONDUCTEUR

Je prends, le plus souvent que je puis, les voitures publiques. Je les prends quand j'ai du temps devant moi, — elles ne vont pas vite, — et surtout pour le plaisir de voir et d'observer des visages, car je ne connais encore rien de plus intéressant que la figure humaine. C'est là qu'une sympathie m'est venue pour le conducteur d'omnibus et que j'ai apprécié tous ses mérites.

Son métier est des plus pénibles. Du soir au matin, il reste debout sur la trépidante plate-forme, sans cesse ébranlé, secoué, cahoté, ce qui doit être éreintant. Il ne quitte, de temps à autre, cette mal commode posture que pour grimper, avec l'agilité d'un singe, sur l'impériale, et y faire sa collecte, très inconfortablement appuyé à la mince tige de fer de la balustrade. De plus, il lui faut déployer un véritable génie de comptable, recevoir l'argent, se méfier des pièces n'ayant plus cours, rendre rapidement la monnaie, faire sonner exactement le ding, ding, ding de son compteur, sans se tromper d'un coup de timbre, présenter, à chaque station, sa feuille de route au crayon du contrôleur et s'assurer qu'on y a tenu compte des correspondances, des demiplaces militaires, de bien d'autres détails.

Ce travail compliqué, minutieux, où la moindre erreur expose le conducteur à perdre une partie de son maigre salaire, notre homme l'accomplit à la hâte, au milieu du brouhaha de la rue, parfois grelottant de froid, souffleté par la pluie, aveuglé par la poussière, enfin, dans des conditions qui lui permettent difficilement d'être exact et attentif.

Mais tout cela, c'est sa besogne; il est payé pour la faire, et personne ne gagne son pain sans effort. Ce que j'admire chez le conducteur d'omnibus, c'est moins la peine qu'il se donne dans sa profession que les qualités de caractère qu'elle exige de lui. En proie au public, ahuri par les incessantes sollicitations de la foule, il faut que jamais il ne s'impatiente et ne s'irrite,

qu'il garde une imperturbable égalité d'humeur,
qu'il se montre toujours calme, complaisant et
poli. Et cela, dans les pires circonstances, même
sous l'averse diluvienne, quand les voyageurs à
parapluie attaquent la voiture, pareils aux légion-
naires romains donnant l'assaut à l'abri de leurs
boucliers et exécutant la célèbre manœuvre de
la tortue.

D'ailleurs, ce n'est pas seulement dans ces
instants critiques que le conducteur révèle toute
la beauté de son âme; c'est dans les incidents
ordinaires de ses monotones trajets de chaque
jour. Ne manifeste-t-il pas, à toute minute, son
respect pour la vieillesse, sa douceur pour l'enfance, sa courtoisie pour le beau sexe? Il soutient
pieusement la marche chancelante des personnes
âgées, enlève gaiement et lestement un bébé en
le prenant sous les aisselles, donne galamment
la main aux dames, et — vous savez — aux
jeunes et aux vieilles, aux laides et aux jolies,
sans faire de distinctions, en vrai chevalier français. Et il est toujours prêt à aider quiconque
porte un fardeau.

Sachez-le bien. Il accomplit ainsi — en petite
monnaie, si vous voulez — de très bonnes
œuvres, des œuvres de miséricorde. Sans s'en
douter, le conducteur travaille à ses fins dernières et assure son salut éternel. Je suis per-

suadé que saint Pierre lui ouvrira de bon cœur
la porte du paradis.

Eh bien! j'ai remarqué ceci, depuis que je
voyage en omnibus, c'est que, de tous les
humbles employés qui nous rendent journelle-
ment service, le conducteur est peut-être celui
qui a le moins de bonnes aubaines, celui envers
lequel nous nous montrons le plus ingrats.
Voyageurs d'intérieur, de plate-forme et d'impériale, je vous prends tous à témoins. Il est
rare, très rare, qu'on donne un pourboire à
l'homme au képi.

Ne m'objectez pas que le public dont s'oc-
cupe ce brave employé est généralement composé de petites gens, obligés de ménager leurs
sous. D'abord, un très grand nombre de personnes aisées, riches même, se font transporter
par l'omnibus ou par le tramway. Et, quant aux
autres, ne savez-vous pas aussi bien que moi que
les pauvres sont toujours les plus généreux?

Non, on ne gratifie jamais — ou presque jamais — le conducteur, uniquement parce qu'on
n'y pense pas, parce que ce n'est pas l'usage.

Longtemps j'ai fait comme les autres, je
l'avoue. Mais, un jour, — à l'époque où je ga-
gnais assez chichement ma vie et où je n'avais
d'autre équipage que la voiture à tout le monde,
— une vieille femme du peuple, une grosse

dondon portant un paquet de linge assez volumineux, monta dans l'omnibus où je me trouvais et s'assit à côté de moi. Le conducteur l'avait aidée à s'installer avec son fardeau sur les genoux, et, quand il eut rendu à la bonne dame la monnaie de sa pièce d'un franc, je vis qu'elle lui donnait deux sous pour sa peine. J'éprouvai alors une petite honte, car cette brave commère en robe de toile, qui n'avait même pas un peu d'or aux oreilles et qui maintenait son paquet de linge sur ses larges cuisses avec ses doigts gercés de lessiveuse, était, certainement, encore moins riche que moi, même alors.

La vieille blanchisseuse m'avait donné une leçon. J'en ai profité, et depuis je n'oublie pas le conducteur.

XI

LES TOURLOUROUS

J'habite près d'une caserne d'infanterie et, l'autre dimanche, je regardais sortir de la grande porte, que surmontent des faisceaux d'armes sculptés, les braves petits lignards, fraîchement astiqués et gantés de filoselle blanche, qui s'en allaient, deux par deux ou isolément, faire leur promenade par la ville.

Un vieux sergent aux cheveux gris, portant une brochette de médailles, se tenait debout à la porte et inspectait d'un regard chaque fantassin qui passait, la main au képi; et, si un seul bouton de la tunique ne reluisait pas autant que les autres, un geste sévère du sergent fai-

16

sait rentrer le pauvre tourlourou dans la caserne.

Aussi comme ils s'élançaient joyeusement dans la rue, ceux qui avaient déjà défilé sous le feu de ce terrible regard, et comme ils riaient gaîment entre eux de leur bon gros rire paysan! C'était joyeux comme une sortie d'école. Tout le quartier fourmillait d'épaulettes rouges. Là-bas, devant la grosse carotte du marchand de tabac, il y avait un véritable nuage de fumée, et le beau soleil de juin faisait étinceler les fourreaux des sabres-baïonnettes et les plaques des ceinturons.

J'ai toujours été plein d'une bienveillance attendrie pour les petits et pour les humbles; mais, en observant ces naïfs visages de recrues, en écoutant ces phrases presque enfantines prononcées d'une petite voix grêle, je ne pus m'empêcher de sourire, et je me rappelai involontairement ces célèbres charges d'atelier où le rapin de Paris a déployé, en pantomime et en dialogue, tout son génie caricatural. Ce caporal, à la mine satisfaite et tout fier de son double galon, était Dumanet en personne; ces deux pioupious, qui se tenaient maladroitement par la main, à la manière des amoureux de la campagne, étaient sans doute le fusilier Bridet et le fusilier Pitou; et cet autre conscrit, qui paraissait absorbé dans un rêve sentimental, méditait probablement de terminer une lettre à sa particulière par cette étonnante formule :

« Agréez, chère Adèle, l'assurance de ma considération distinguée. »

Pourtant, lorsque la foule des militaires se fut dispersée et que je me trouvai à peu près seul devant la caserne, je me suis reproché ce mouvement d'ironie, et la pente de mes réflexions m'a conduit à songer aux rares et difficiles vertus qu'on exige du pauvre soldat.

Hélas! Jamais moine du moyen âge, jamais fanatique espagnol, écrivant les règles d'une obédience, n'a rien imaginé de plus dur et de plus étroit. Pauvreté, chasteté, sobriété, obéissance passive, mépris de la mort et de la souffrance, voilà la vie de sacrifice et d'abnégation à laquelle le soldat est lié, non par un vœu, mais par la rigueur de la loi sociale.

Oui, mon garçon, tu as vingt ans. Te voilà militaire. Tu vas quitter ton champ ou ta vigne, embrasser tes parents et ta bonne amie et venir au régiment. Là, tu seras vêtu d'un uniforme de gros drap et de gros cuir, trop chaud l'été, trop froid l'hiver; tu porteras le fardeau du sac et du fusil, tu logeras dans des chambrées infectes, tu te lèveras avec le soleil et tu te coucheras avec les poules, tu mangeras toujours la même soupe et le même bœuf, tu boiras de l'eau et tu auras à peine de quoi payer ton tabac; et bientôt, vienne la guerre ou l'émeute, au premier coup de tambour ou de clairon tu courras sur les canons tirant à mitraille.

Cela doit être ainsi, paraît-il, et je me garde bien d'y contredire; mais, c'est égal, je me suis accusé presque d'avoir ri des braves petits troupiers, et je les ai suivis par la pensée dans leur flânerie du dimanche.

Bonne promenade, mes enfants. Profitez de ce que le bon Dieu donne aujourd'hui à tout le monde une brise fraîche et du bon soleil. Si vous avez reçu un peu d'argent du pays, emmenez un camarade et allez faire un tour là-bas, dans le haut de Montrouge. Je connais, près des fortifications, un petit cabaret à tonnelles, au bord de la route, où la bière est très fraîche; je vous le recommande. On s'amuse à voir passer le monde, les petites gens endimanchés du faubourg, et des groupes si amusants : un papa, en bras de chemise et le chapeau en arrière, promenant, dans sa petite voiture, un bébé qui suce son doigt, tandis que la femme va derrière, en portant sous son bras la redingote. Il passe encore par là de jolies filles qui vous regardent, puis qui se sauvent en éclatant de rire. Où est le mal?

Vous pouvez aussi donner un coup de pied jusqu'à la fête de Malakoff. Il y a là un tas de merveilles. Hein! cela vous va-t-il de monter dans l'escarpolette, de casser d'un coup de carabine l'œuf qui danse sur le jet d'eau, de gagner au tourniquet un certain vase bien difficile à rapporter sous le bras, ou de voir une belle lutte d'hommes?

« Entrez! Messieurs les militaires ne paient que demi-place! »

Vous n'avez que les quelques sous de votre *prêt,* me dites-vous? Eh bien! on peut encore passer une bonne journée. D'abord nous avons le Jardin des Plantes. Par des temps comme celui-ci, on s'y croirait au premier matin de la création, tant il y a des fleurs et des arbres qui sentent bon; et puis, aujourd'hui, on ouvrira l'arche de Noé. L'hippopotame prendra son bain; l'éléphant aura une indigestion de pains de seigle; le palais des singes donnera son grand spectacle gratis, et, enfin, l'ours Martin consentira peut-être, en faveur de votre patience, à monter sur son arbre mort.

Et puis n'oublions pas la place de la Bastille, toujours pleine de pitres et de charlatans; et le Louvre, où vous vous sentez vaguement intimidés, moins par la présence des chefs-d'œuvre que par la splendeur des parquets vernis; et les

Tuileries avec les bobonnes en robes de printemps ; et les quais où l'on s'accoude au parapet
pour voir filer les trains de bois et les bateaux-
mouches.

Allez, pauvres tourlourous, jouissez de votre
mieux des petits bonheurs que les hasards de la
rue réservent aux flâneurs et aux mélancoliques ;
amusez-vous de l'oiseau familier qui s'envole
sous vos pieds, du gamin qui passe avec des cas-
tagnettes de tessons, de la fille du portier qui
chante en arrosant des fleurs sur une fenêtre du
rez-de-chaussée, du pêcheur à la ligne qui prend
un barbillon, et même, pourquoi pas ? de la belle
dame qui passe en calèche.

Bons enfants étonnés et naïfs, qui demain,
peut-être, serez des héros, allez sans un sou dans
la poche et sans une envie dans le cœur, et
surtout, ce soir, tâchez de ne pas manquer l'appel.

TABLE

TABLE

CAUSERIES

faites en 1879 dans la Salle des Conférences du boulevard des Capucines

PARIS : PROMENADES ET INTÉRIEURS

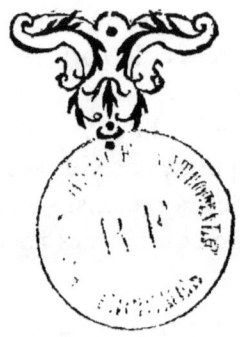

Achevé d'imprimer

le premier juin mil neuf cent dix

PAR

ALPHONSE LEMERRE

6, RUE DES BERGERS, 6

A PARIS

5073.

ŒUVRES COMPLÈTES
DE

FRANÇOIS COPPÉE

Édition in-18 jésus, papier vélin

POÉSIE

THÉATRE

PROSE

Paris. — Imp. A. LEMERRE, 6, rue des Bergers. — 5.-5073.

FRANÇOIS

COPPÉE

OUVENIRS

D'UN

RISIEN

PARIS
LEMERRE
ÉDITEUR
—
1910

www.ingramcontent.com/pod-product-compliance
Lightning Source LLC
Chambersburg PA
CBHW071853020726
47502CB00003B/729